岩 波 文 庫

31-066-5

室生犀星俳句集

岸本尚毅編

岩 波 書 店

目　次

俳句

散文

俳句

明治三十七(一九〇四)年

水郭の一林紅し夕紅葉　一

渋柿や三日月かゝる縄手村　二

末枯の一軒寒し石の怪　三

旅僧の一夜で去りし十夜哉《かな》　四

宗《そう》岸《がん》もお園も十夜詣哉　五

神木を伐りし祟りや神の留守　六

明治三十八(一九〇五)年

西瓜売真赤な嘘をつきに鳧《けり》　七

御鷹野や怪力の士を獲て帰る　八

鷹すゑし小姓の鬢や嵐吹く　九

明治三十九(一九〇六)年

吹きつける急霰痛し痩頬桁　一〇

雨細き若葉の裏の毛虫哉　一一

夕月や幟静けき向河岸　一一

香烟の紙燭におぼろ不如帰　一二

百日紅池の真鯉の泡を吹く　一三

名物の村の阿呆や心太　一四

四股蹈めば砂に喰ひ入る踵哉　一五

牧童の素足で走る野分哉　一七

夕靄に灯ちよろつく砧かな　一八

柿買て重たき市の手籠哉　一九

山家集読終へて雁を聞にけり　二〇

霧立つや曽遊の笠の裏表　二一

百舌鳴いて高き谺や谷深し　二二

朝寒や日影漾《ただよ》ふいさゝ川　二三

馬の耳に蠅冬籠る夕かな　二四

小春日や障子にうつる籠の鳥　二五

明治四十(一九〇七)年

物叩く音や煤払《は》く屋敷町　二六

縄切れて傾く垣や蕗の薹　二七

蟹蘆を登らんとするや日の永き　二八

春宵や心迷ひの事多し　二九

芹抜けば小蛭蠢く濁り哉　三〇

行く春や蒲公英ひとり日に驕る　三一

たんぽぽの灰あびしまま咲きにけり　三二

訪へど〳〵人は皆在らず花日和　三三

迷ひ子をとりまく人や花の山　三四

地の凹《くぼ》へ吹きためられし落花かな　三五

やがて来る山夕立や川社　三六

上枝下枝毛虫巣帰る木股かな　三七

脇の下に手を入れられし袷哉　三八

子の為に胡瓜流すや梅雨の川　三九

孑孑《ぼうふら》や石菖枯れて水赭し　四〇

蝸牛《ででむし》の愚なる一茶の洒落なる　四一

鞦韆《しゅうせん》やブロンドを吹く春の風　四二

水村や雨の青鷺つばくらめ　四三

蝸牛の哲理もなくて梅雨に入る　四四

下闇や蟇なく昼を雨が降る　四五

時鳥《ほととぎす》苔を削つて句を刻す　四六

金魚売出でて春行く都かな　四七

水馬蛇籠の縄をたぐり行く　四八

群《むらが》るや出水のあとの水馬　四九

猿蚤を捉《と》るに賢し掌　五〇

茄子の茎紫濃き旱《ひでり》かな　五一

加賀富士に雲動く日や川社　五二

草の葉に昼の蛍や尻あかし　五三

舟繋ぐ百本杭や川開　五四

塗り立てのペンキの塀や花ざくろ　五五

ぬぎ捨つる汗の帷子《かたびら》帯の跡　五六

避暑の宿うら戸に迫る波白し　五七

学寮や顔塗られをる昼寝人　五八

初猟や雁の糞見る山の池　五九

経読て亀を放つや秋の海　六〇

蟀《こおろぎ》や物探り見る小提灯　六一

秋ぢやもの別れぢやものを虫が鳴く　六二

棉取の句ある台湾紀行かな　六三

衝突入《つといり》や下駄ぬぎ捨る〳〵と　六四

片割れて夕日喰ひ入る柘榴哉　六五

虫《むし》合《あわせ》萩一叢を隔てけり　六六

籠を出る髯の長さよ虫合　六七

上流や山骨さむく鮎寂る　六八

遷《うつ》る世の洋服着たる案山子《かかし》哉　六九

鉄拳や柘榴の珠の紅に　七〇

固くなる目白の糞や冬近し　七一

海が厭で蜆となりし雀かな　七二

長き夜の海鳴わたる梢かな　七三

何だかだ喧嘩も長き夜なりけり　七四

この胸の憂愁を啖《く》へ貘《ばく》枕《まくら》　七五

焼芋の固きをつつく火箸かな 七六

俳神や歌神やこゝに送りけり 七七

桶の鮒死んだるもある氷かな 七八

顔見世や悪《あく》形《がた》きかぬ病上り 七九

革命の臍かためたる蒲団哉 八〇

魚《うお》串《ぐし》を削る夜寒の刃かな　八一

乾《から》鮭《ざけ》をつるす日南《ひなた》や冬の蠅　八二

乾鮭や大志を抱いて下宿住　八三

山近く屋根の落葉をはく日哉　八四

坂下の低き家並や冬構　八五

水《みず》洟《ばな》や仏具をみがくたなごころ　八六

竹《たけ》法《ぼ》螺《ら》を吹く島人や冬の海　八七

堂の裏に狐の糞や花八手　八八

鶯《さ》子《さな》啼《き》や日脚短き五歩の庭　八九

風邪引て水洟にうき読書哉　九〇

寒《かん》垢《ご》離《り》や水鳥の立つ闇の音　九一

明治四十一（一九〇八）年

鳥籠の鳥が逃げたる野分かな　九二

鈴虫の月の都に生れけむ　九三

毛《け》見《み》の衆《しゅう》声かけてゆく馬上かな　九四

初鴉長安既に梅白し　九五

大黒の槌の古びや飾り餅　九六

大阪に男となるや水祝　九七

鳥追の打つて過ぎけり小野の梅　九八

双六や一駅君に遅れけり　九九

湯女《ゆな》と妹《いも》温泉《ゆ》に友となる毛毬かな　一〇〇

屠蘇酌むや光琳の鶴啼かんとす　一〇一

背景の山や月出る初芝居　一〇二

春寒や皿に冷えたる湯煮卵　一〇三

麦既に茎をなしたる雪解哉　一〇四

秀才の不治の病や冬薔薇　一〇五

葉の裏に蝿の木乃伊《ミイラ》や冬牡丹　一〇六

剝製の鷹の眼にぶし冬籠　一〇七

柳虫冬木を焚けば蠢爾たり　一〇八

蕪引く泥のぬくみや土龍《もぐらもち》　一〇九

剣道に詩に鳴る塾や兎狩　二〇

徹底の絵蹈の足の顫《ふる》ひけり　二一

顔見世や風雨しきりに天神記　二二

加賀富士に雪見る日也麦を蒔く　二三

日曜の尻を据ゑたる炬燵哉　二四

時《し》雨《ぐ》るゝに非ず欅の散る夜也　一二五

恩給に余生を送る炬燵哉　一二六

春水に附木の舟を泛《うか》べけり　一二七

融き交ぜる蒔絵の金や春の水　一二八

虎杖《いたどり》や阿弥陀詣の道の草　一二九

末法の僧楼に入る柳かな　二〇

狗《いぬ》張《はり》子《こ》柳の枝に吊しけり　二一

団栗や土の凹《くぼ》みに根の凹《くぼ》に　二二

脳味噌の足らぬ柚味噌の句案かな　二三

黒菊や薬草多き医王山　二四

末枯るゝつくばね草や渡り鳥　一二五

双六の伊勢で泊つて詣でけり　一二六

雑煮腹混沌としてホ句あらん　一二七

土蜘蛛の根分くる菊にひそみ梟《けり》　一二八

鳥雲に入つて蛙のクサメかな　一二九

出《で》代《がわり》の癖あるけなる男かな　一三〇

出代や電車に乗つて余所心　一三一

お針子の誘ひ花見や春日傘　一三二

薪能毛《け》臑《ずね》にさむき嵐かな　一三三

その酒にその酌もなき春愁かな　一三四

猫の子や既に琥珀の眼は闇に　一三五

野遊の師団に近き喇叭かな　一三六

猫の子の面に袋やあと退り　一三七

狩犬の喘《あえ》き唾《つば》吐く杉菜哉　一三八

牛乳の瓶あつめ行く柳かな　一三九

我恋は蚕《かいこ》糸吐く想かな　一四〇

下萌や市人の来て鶏秤る　一四一

護摩堂の灯や寒竹の濡れ戦ぐ　一四二

夜に入りて狩人泊めし吹雪哉　一四三

戸の隙を畳の上に吹雪かな　一四四

鬮《くじ》引いて酒買《かい》にゆく吹雪かな　一四五

兎狩の廻状きたる吹雪哉　一四六

吹《ふ》雪《ぶ》く夜や火を警《いまし》むる宿直《とのい》人《びと》　一四七

冬の夜の門番誑《たら》す狐かな　一四八

蝶とぶや燐寸の箱を干す処　一四九

福引や無欲の君に斯《か》かる品　一五〇

福引や瓢簞山の炙り出し　一五一

文債はあれど乾鮭に酒債なし　一五二

凩や山鳴り野鳴り板戸鳴る　一五三

幽霊が首を締めたる布団かな　一五四

燕《つばくら》や市区改正の十字街　一五五

田楽の味噌摺る椽《えん》や囀《さえずり》す　一五六

陽炎や蘇小が庭の蔓草　一五七

菱餅のひゞも雛の三日哉　一五八

囀や朝飯遅き日曜日　一五九

宿なしの海月《くらげ》を嘲る寄居虫《ごうな》哉　一六〇

蜃気楼距《へだ》て、迫る岬かな　一六一

鶯や山の小鍛冶の鎚遅し　一六二

蛇穴を出で、帰雁を空目かな　一六三

山の雁夜に鳴かずなる別れ哉　一六四

春雁の脱け羽ひらひらぬ屋根の上　一六五

シシと追ふ春雁うとし独活の畑　一六六

桐売つて花さくものは李かな　一六七

吹雪歇《やん》で晴れやかに黄なる夕日かな　一六八

寒竹やちらヽヽ雪の蘇武が門　一六九

顧れば俗士紙子を笑ひけり　一七〇

尻なでる癖や家主の夏羽織　一七一

草餅の宿の戸ぼそや小米花　一七二

銀杏樹下古着渡世や燕飛ぶ　一七三

蛇の衣眼すゞしき思ひ哉　一七四

臍涼し雷涼しかご枕　一七五

水楼や河鹿に冷えて籠枕　一七六

床に入りて繙書の癖や夜々の蚤　一七七

田草取る今日も白《はく》山《さん》颪《おろし》かな　一七八

わが嚔秋立つ空に響きけり　一七九

叢に山繭白し風薫る　一八〇

綱引の足場をはかる窪み哉　一八一

革命の裏切をして墓参かな　一八二

鬼灯《ほおずき》にくる蝶淋し羽紅の日　一八三

心《うら》安《やす》や毛見が癖知る我が僮僕《こもの》　一八四

秋山や静かに聴けば海の声　一八五

秋山に洛のどよめき聞えけり　一八六

荷物吐く汽車も蜻蛉《とんぼ》も駅小さし　一八七

地球儀や蜻蛉とまれる造り物　一八八

これきりの煙花《はなび》なりやと人散ず　一八九

露の原灯ありて遠し鶉なく　一九〇

鮴《ごり》とりの尻に日暮れぬ石たゝき　一九一

鶏の糞掃きよせぬ鶏頭花　一九二

橡の実の屋根打つ風や雁の鳴　一九三

糸瓜忌に柿もぐ庵のならひ哉　一九四

虫《むし》魂《すだま》或は鈴の如からん　一九五

蚊帳除けて天井の穴懐かしむ　一九六

柿たわゝ暁烟枝に凝滞す　一九七

馬で嫁ぐ村の慣や霧深し　一九八

湖心まで此の石の根の秋の水　一九九

狐落つる護符を呑まする暮の秋　二〇〇

鳥網を守る隠れ場や蔦紅葉　二〇一

山茶花を伐りて明るき読書哉　二〇二

いつからの腐る錨や蘆枯るゝ　二〇三

枯蘆や江の町に立つ鮭の市　二〇四

草枯や棕梠を束ぬる掛梯子　二〇五

凍る絵筆解く唇や冬の薔薇　二〇六

時雨《しぐる》るや遅れコスモス二三本　二〇七

祟り木を祭る社や帰り花　二〇八

葬儀鳩戻る鳥屋や暮早き　二〇九

火を掻いて鉛筆焦す火鉢哉　三〇

川《かわ》舟《ふな》子《こ》橋《きょう》下《か》薪《しん》火《か》の時雨哉　三一

豆腐屋へ二丁しぐるゝ小鍋哉　三二

明治四十二(一九〇九)年

大葬の百僧憩ふ松の花　三三

園《その》守《もり》の編む袖垣や日の永き　二四

魔出水に村潰れずや田螺鳴く　二五

女《じょ》賊《ぞく》住むを興に狩りけり山桜　二六

烏《い》賊《か》凪《なぎ》に法螺吹き過ぎぬ魚見舟　二七

太鼓野と云ふを蹈みけり山笑ふ　二八

お乳《ち》人《ひと》の里説くに蕨描きけり　二九

はたと逢ふて瞳ためらふ日傘哉　三〇

御供田に摘む山蕗や蝸牛　三一

御能あればいふ神《かみ》晴《ばれ》や桐の花　三二

みだれ箱の縁起浄書や虎が雨　三三

滝涸れを垢離堂降《くだ》る夏野哉　二三四

日暮松に換ゆ馬《ま》草《わら》鞋《じ》や蚋《ぶよ》夕　二三五

一忌あるを次ぐ一忌ある今朝の秋　二三六

的《まと》心《ごころ》飛ぶと鶏頭剪られけり　二三七

鶏頭や隠《かく》し駕《かご》出す駅夕　二三八

乾鮭に頼母子会や漁師町　二九

乾鮭や昨《よべ》柚《ゆ》を焼きし同じ炉に　三〇

明治四十三(一九一〇)年

望郷の念秋蘭に句会など　三一

野に心おいて日暮るゝ小春かな　三二

明治四十四(一九一一)年

焼芋や夜芝居はねて戻り道　二三

大正十三(一九二四)年

遠つ峯《お》の風ならん障子の梅うごく　二四

庭草の実の赤さ池は氷らぬ　二五

十二年九月大震、十月一日東京の草庵を去りける折によめる

けさは帰り花も摘み捨てつ　二三六

梅の二階は瀬向ひのあかるさ　二三七

金沢、川岸町

硝子戸に梅が枝さはり固きかな　二三八

雪に冴ゆる苔の上のあはゆき　二三九

炬燵の火をぽつかりとほじれり　二四〇

繞石先生別莚

雪のとなり家はカナリヤのこゑ　二四一

朝しらげの雪を透きて見ゆ雪を掻く　二四二

母よりの贈物を得て

古雛を膝にならべて眺めてゐる　二四三

金沢、川岸町

雪みちを雛箱かつぎ母の来る　二四四

慈姑《くわい》の子の藍いろあたま哀しも　二四五

くわゐの子つまんで笑ふさびしさ　二四六

かはらの雪はなぎさから消える　二四七

春まだ寒いとくさの尖り　二四八

白《しろ》襖《ぶすま》の春さむい瀬の音也　二四九

澄江堂に

うすぐもり都のすみれ咲きにけり　二五〇

川御亭

梅もどきの洗はれてゐるけさの雪　二五一

シクラメンのくちびる紅き暖炉かな　二五二

空谷山人に

あるじ白衣の医に老ゆ寒さかな　二五三

羽ぶとん干す日かげ雪となる　二五四

さびしく大きいつららをなめて見る　二五五

川御亭

つらら折れるころ向ふ机かな 二五六

せきれいのかげ迅き欄の梅を折る 二五七

朝子に題す

から乳首にねむるひいなといづれぞ 二五八

春日つづき童女のふとり 二五九

金沢、犀川

石斑魚《うぐい》に朱いすぢがつく雪解かな 二六〇

金沢
藪の中の一町つづき残る雪　二六一

はたはたの肌のあかねの冴える日や　二六二

金沢
はたはた干し日の永さを知る　二六三

子供らの魚籠《びく》の鮴《ごり》みな生きてゐる　二六四

白藤に雨すこし池澄みにけり　二六五

ぐみの実を白い手がとらへてゐる　二六六

蝸《か》牛《ぎゅう》放つ庭は苔と石のみ　二六七

蝸《でで》牛《むし》の角のはりきる曇りかな　二六八

野田山村落

餅ぐさのにほふ蓆をたゝみけり　二六九

渋ゆとんくちなしの花うつりけり　二七〇

朝蟬の遠く夕蟬の近きかな　二七一

朝ぜみの幽けき目ざめなしけり　二七二

真清水の川そこに湧く泳ぎかな　二七三

軽井沢

ぽつたりと百合ふくれゐる椽の先　二七四

あきぜみの明るみ向いて唖かな　二七五

草かげでいなごがひとり微笑《わろ》うた　二七六

鯛の骨たたみにひらふ夜寒かな　二七七

つくばひに藻の青ぐろき暑さかな　二七八

みんみん蟬の吃り夏ゆく　二七九

百田宗治来る。すなはちみやげの越中のいかを炙り

日ざし秋めく古い椽側　二八〇

あんずの香の庭深いふるさと　二八一

あんずしづかなひるすぎに落つ　二八二

あまさ柔かさ杏の日のぬくみ　二八三

秋ぜみの吃々として歇みにけり　二八四

片山津温泉

波もない潟がくれるよかいつぶり　二八五

片山津温泉

蘆も鳴らぬ潟一面の秋ぐもり　二八六

やや寒みさびあゆのほねつつきけり　二八七

山あひに日のあたりゐるしぐれかな　二八八

あきさめを唯ながめゐるわが顔　二八九

あんずの日に焼け川べりの家　二九〇

あんずかじるわが母のおところへ　二九一

ある扇子に書きて

魚眠洞枯蘆たばね焚きにけり　二九二

夕氷障子張る間もなかりけり　二九三

大正十四（一九二五）年

金沢と別る

寒菊の雪をはらふも別れかな　二九四

冬木くろずんでゆく雨あし　二九五

夕風呂の火ぐち身にしみ歩むかな　二九六

十四年一月帰京

冬日さすあんかうの肌かはきけり　二九七

枝に透いて鳥かげ迅き冬日かな　二九八

ひなどりの羽根とゝのはぬ余寒かな　二九九

春寒や葱の芽黄なる籠の中　三〇〇

暖かやふうせんたるむ夕畳　三〇一

あはゆきとなるひいなの夕ぐもり　三〇二

春深み蘭の花茎垂りにけり　三〇三

湯ヶ島村落

壺すみれ茶をのむ莚しきにけり　三〇四

吉奈温泉

眉若きをみなはだかや若葉風　三〇五

伊豆街道

昼近き雨落着くや葱の花　三〇六

ながれ藻や曇りてあつき水すまし　三〇七

ふるさとや松に苔づく蟬のこゑ　三〇八

硯《けん》屛《びょう》に日盛りの草うつりけり　三〇九

秋涼やあら畳ふむ庭明り　三〇

秋雨の縁拭くをんな幾たびぞ　三一

秋立つや床に生けたる栗のいが　三二

朝飯の腹のおもさも晩夏かな　三三

竹の幹秋ちかき日ざし辷《すべ》りけり　三四

あさがほや蔓に花なき秋どなり　三一五

我が机置くとて

庭近く机つゆけきいとどかな　三一六

金沢、池田町仮寓

雨傘にこぼるる垣のむかごかな　三一七

犀川

野いばらの実のいろ焦げて残りけり　三一八

兼六公園

雨戸しめて水庭を行く秋なれや　三一九

金沢池田町

隣間にいとどを捨つる夜半の秋　三三〇

金沢のしぐれをおもふ火桶かな　三三一

きざ柿のしぶのもどれる霜夜かな　三三二

冬ざれや日あし沁み入る水の垢　三三三

冬日さむう蜉《ふ》蝣《ゆう》くづれぬ水の面　三三四

山吹の黄葉のちりぢり笹鳴す　三五

笹鳴や落葉くされし水の冴え　三六

苔掃けば苔の粉となる小春かな　三七

はだら日のとくさの寒き小はるかな　三八

初冬や庭木に乾く藁の音　三九

烏瓜冬ごもる屋根に残りけり　三〇

故郷に草房をゆめ見て

冬の蝶凩の里に飛びにけり　三一

寒竹の芽の向き初日さしにけり　三二

寒竹の折々にさはる障子かな　三三

草の戸や蔦の葉枯れし日の移り　三四

大正十五／昭和元(一九二六)年

金沢にて
草の戸や雨となりたるかたつぶり　三五

となり家の杏落ちけり小柴垣　三六

木つゝきや枯木をさがす花の中　三七

乳吐いてたんぽぽの茎折れにけり　三八

朝ぬれし雨の枝々春近し　三三九

鶯や草むらぬけて山平　三四〇

伊豆下田にて

青梅も葉がくれ茜さしにけり　三四一

青梅や茅葺きかへる雨あがり　三四二

湯ヶ島

炭ついで青梅見ゆる寒さかな　三四三

湯ヶ島

藤の花温泉《ゆ》どころの灯の見えにけり　三四四

ふるさとや柱の朽ちしかたつむり　三四五

軽井沢

松かげや糸萩伏して秋の立つ　三四六

軽井沢

道のべは人の家に入り豆の花　三四七

軽井沢

裏山や枝おろし行く秋の風　三四八

軽井沢

きりぎりす夜明くる雨戸明りかな　三四九

竹むらややゝにしぐるる軒ひさし　三五〇

田から田の段々水を落しけり　三五一

朝さむや幹をはなるる竹の皮　三五二

山茶花に筧《かけひ》ほそるる日和かな　三五三

山茶花や日のあたりゆく軒の霜　三五四

暮鳥忌の書屋の埃はらひけり　三五五

昭和二(一九二七)年

栗うめて灰かぐはしや夜半の霜　三五六

麗かな砂中のぼうふ掘りにけり　三五七

柴焼いて下萌の風起りけり　三五八

ねこ柳のほほけ白むや雛の雨　三五九

竹の風ひねもすさわぐ春日かな　三六〇

若水や人の声する垣の闇　三六一

赤腹のまなこ日あしに透りけり　三六二

軽井沢

山ぜみの消えゆくところ幹白し　三六三

通夜

別るゝや椎に明けゆく人の顔　三六四

山中忌にこもりて

夏菊や小砂利にまじる蝶のから　三六五

きりぎりすゆざまし冷えて枕もと　三六六

元日の山見に出づる薺かな　三六七

空あかり幹にうつれる木の芽かな　三六八

竹の葉を辷る春日ぞ藪すみれ　三六九

悼澄江堂

新竹のそよぎも聴きてねむりしか　三七〇

青すすき穂をぬく松のはやてかな　三七一

嘉村礒多君に

暑き日や礒多がくぐる蔦の門　三七二

塀ぎはに萌黄のしるき小春かな　三七三

きりぎりす己が脛食ふ夜寒かな　三七四

動坂町

畳屋の薄刃を研げる夜寒かな　三七五

昭和三(一九二八)年

お降《さが》りや新藁葺ける北の棟　三七六

新小梅町、堀辰雄の家

梅の束もたらせてある茶棚かな　三七七

枯草の中の賑ふ春の雨　三七八

炭俵に烏樟《くろもじ》匂ふ雪解かな　三七九

餅草や砂渦の立つ曲り道　三八〇

長女登園

桃つぼむ幼稚園まで附添ひし　三八一

金沢

おそ春の雀のあたま焦げにけり　三八二

西新井村　平木二六居

陽炎や手欄《てすり》こぼれし橋ばかり　三八三

澄江堂墓参

江漢の塚も見ゆるや茨の花　三八四

白鳥省吾を訪ふ

青梅やとなりの檜葉もさし交す　三八五

夏草に天水の風呂沸かしけり　三八六

昼顔に浅間砂原あはれなり　三八七

秋ふかき時計きざめり草の家　三八八

山虻やまなこにうつる松ばかり　三八九

何の菜のつぼみなるらん雑煮汁　三九〇

若菜籠ゆきしらじらと畳かな　三九一

くろこげの餅見失ふどんどかな　三九二

坂下の屋根明けてゆくどんどかな　三九三

買初の紅鯛吊す炬燵かな　三九四

鍬はじめ椿を折りてかへりけり　三九五

ゆづり葉の紅緒垂れし雪搔きにけり　三九六

若水やこぞの落葉の森閑と　三九七

お降りやおもとの雪の消ゆるほど　三九八

としよりの居睡りあさき春日かな　三九九

辛し菜の花はすこしく哀しからん　四〇〇

苗藁をほどく手荒れぬ別れ霜　四〇一

おねはんの忘れ毬一つ日暮かな　四〇二

屋根石の苔土掃くや帰る雁　四〇三

森をぬく枯れし一木や囀りす　四〇四

春蟬や畑打ねむき昼下り　四〇五

凧のかげ夕方かけて読書かな　四〇六

凧の尾の色紙川に吹かれけり　四〇七

瓦屑起せばほめく土筆かな　四〇八

犀川

日だまりの茶の木のしげり蕗の薹　四〇九

昼顔や海水あびに土手づたひ　四一〇

しら芥子や施米の桝にほろと散る　四一一

鮓の石雨垂れの穴あきにけり　四一二

竹の葉の昼の蛍を淋しめり　四一三

蛍くさき人の手をかぐ夕明り　四一四

秋水や蛇籠にふるふえびのひげ　四一五

ひややかや花屋掃く屑雨ざらし　四一六

茶どころの花つけにけり渡り鳥　四一七

ほほづきや廊近き子の針子づれ　四一八

つゆくさのしをれて久し虫の籠　四一九

柴栗の柴もみいでて栗もなし　四二〇

ちんば曳いて蝗《いなご》は椽にのがれけり　四二一

寒の水寒餅ひたしたくはへぬ　四二

まんまるくなりたるままの氷なり　四三

金沢

しんとする芝居さい中あられかな　四四

水仙の芽の二三寸あられかな　四五

鶏頭のくろずみて立つしぐれかな　四六

けぶり立つ雪ふり虫や雪ならん　四二七

あさ霜の柳むし売呼びにけり　四二八

飛驒に向ふ軒みな深し冬がまへ　四二九

豆柿の熟れる北窓閉しけり　四三〇

そのなかに芽の吹く榾《ほだ》のまじりけり　四三一

魚さげし女づれ見し寒さかな　四三二

足袋と干菜とうつる障子かな　四三三

坂下の屋根みな低き落葉かな　四三四

目白籠吊せばしなふ冬木かな　四三五

金沢、犀川

石垣のあひまに冬のすみれかな　四三六

消炭に寒菊すこし枯れにけり　四三七

秋近や落葉松《からまつ》うかぶ風呂の中　四三八

焼砂に細るる秋の蛍かな　四三九

夏寒や煤によごるる碓氷《うすい》村《むら》　四四〇

秋の日や土塀の乾く藁の屑　四四一

金沢、百姓町

白菊や茸《たけ》もある店の灯のもとに　四四二

そのかみのひとおもほゆるひこばえに　四四三

小鳥といへる犀川の石をあつめて

小鳥に野菊もすこし縁の端《ハタ》　四四四

大森即事

笹鳴や馬込は垣も斑にて　四四五

金沢や蛙は鳥と啼きかはし　四四六

大森新居

侘《わ》び住むや垣つくろはぬ物の蔓　四四七

消炭のつやをふくめる時雨かな　四四八

芭蕉雑吟

菅笠の緒に霜冴ゆる首途《かどで》かな　四四九

屋根の霜思ふ夜半の机かな　四五〇

春待つや漬け残りたる桶の茄子　四五一

藁《わら》苞《づと》や在所にもどる鰤のあご　四五二

行年や葱青々とうら畠　四五三

串柿のほたほたなれや春隣　四五四

詩集「伎芸天女」におくりて

月ぐさやほのぼの明くる草の道　四五五

昭和四(一九二九)年

葉の先や雪にこげたる薺《なずな》粥《がゆ》　四五六

時計とチユリップと留守なり　四五七

萩原朔太郎居

梅が枝にこその糸瓜も下りけり　四五八

大森即事

潮ふくむ風匂ふ梅の朝かな　四五九

売文渡世

墨にじむ我が手ながらも草の餅　四六〇

花桐や幟はためく日もすがら　四六一

大森

山吹に枯枝まじる余寒かな　四六二

山吹やもの思はするよべの雨　四六三

離愁

蛍かご入日に移しあはれがる　四六四

秋の日や埃くもれる古すだれ　四六五

鰯焼く軒端をすぎぬ秋の夕　四六六

鰯焼くけむりも佗びよ谷中在　四六七

元日や山明けかかる雪の中　四六八

世を佗ぶる屋根はトタンかお降《さが》りす　四六九

木いちごの芽のさき枯れて春寒き　四七〇

石蕗《つわぶき》の茎起きあがり水ぬるむ　四七一

残雪やからたちを透く人の庭　四七二

春雨や明けがた近き子守唄　四七三

深谷温泉

山深くなり芽立ちまばらなる　四七四

下萌や薪をくづす窓あかり　四七五

病中
藪中や石投げて見る幹の音　四七六

母より干鰈送り来る
干鰈桃散る里の便かな　四七七

暑き日や桃の葉触《さ》はる枝ながら　四七八

かくれ藻や曇りてあつき水すまし　四七九

かたかげやとくさつらなる蟬のから　四八〇

馬蠅の鏡をすべり飛びにけり　四八一

草庵別離

竹の子の皮むく我もしばらくぞ　四八二

青梅や足駄をさせる垣の枝　四八三

田端草庵

ぎぼし咲くや石ふみ外す葉のしげり　四八四

秋の夜半風起きて行く枝葉かな　四八五

身にしむやほろりとさめし庭の風　四八六

山蛇の眼の透る茨かな　四八七

山の井に蛍這ひゐるやつれかな　四八八

きりぎりす白湯の冷えたつ枕上　四八九

金沢、川御亭

秋の日や柑子《こうじ》いろづく土の塀　四九〇

しぐるるや煤によごれし竹の幹　四九一

菊焚いて鶲鳥おどろく時雨かな　四九二

ふるさとに身もと洗はる寒さかな　四九三

竹の葉の垂れて動かぬ霜ぐもり　四九四

行年や笹の凍てつく石の水　四九五

暮鳥忌

朝日さす忌日の硯すりにけり　四九六

茎漬や手もとくらがる土の塀　四九七

山中温泉

庭石の苔を見に出る炬燵かな　四九八

春待や花もつ枝の艶ぶくれ　四九九

寒餅やむらさきふくむ豆のつや　五〇〇

草枯や時無草のささみどり　五〇一

藁ぬれて山茶花残る冬の雨　五〇二

冷かや山茶花こぼる庭の石　五〇三

昭和五（一九三〇）年

道絶えて人呼ぶ声や秋夕　五〇四

春立や蜂のはひゐる土の割れ　五〇五

芥川即事

鮎の口みなあいてゐる暑さかな　五〇六

自笑軒即事

鮎の眼のみな開いてゐる涼しさよ　五〇七

金沢

青梅や簗地くえゆく草の中　五〇八

昭和六(一九三一)年

炭《すみ》斗《とり》や栗の落葉もしぐれけり　五〇九

輪飾りの藁吹く粉雪日もすがら　五一〇

行春の道人絶えて庭ばかり　五一一

昭和七(一九三二)年

秋蠅の畳に下りて夕早き　五一二

昭和八(一九三三)年

松風の奥に寺ある寒さかな　五一三

澄江堂忌

煤けむる田端にひらふ蛍かな　五一四

竹村俊郎君に

庭ごけやかごをこぼれる梅の数　五一五

山本有三君におくれる

先づふれる新樹の幹のぬくみかな　五一六

ひんがしに芭蕉の花の向きにけり　五一七

このごろ百田宗治君に

水鶏《くいな》なくさとのはやねと申すべし　五一八

短冊をやなぎやに売りて

こほろぎや路銀にかへる小短冊　五一九

鉄といへる飼犬のむなしくなれば

とらの子のとらの斑《ふ》も見ゆ草いきれ　五二〇

鬼灯やいくつ色づく蟬のから　五二

信濃仮宿

沓かけや秋日にのびる馬の顔　五二

軽井沢

明けかかる高窓ひくやきりぎりす　五三

わがたつき侘しければ

鮎をやくけむりとおもへ軒の煤　五四

昭和九(一九三四)年

京都七条
ひそと来て茶いれる人も余寒かな　五二五

京都
あはゆきの寺々めぐりやつれけり　五二六

祇園
古き世の顔も匂ふや松の内　五二七

寒鮒のうごかぬひまも日脚かな　五二八

寒ぐもる下枝にひそむ雀かな　五二九

ぼろぼろの机買ひけり梅の花　五三〇

「加賀手毬唄集」を読む

行春や版木にのこる手毬唄　五三一

白秋氏歌集「白南風」を読む

白《しら》南《は》風《え》や背戸を出づれば杏村　五三二

校正自嘲

春寒や渡世の文もわきまへず　五三三

わらんべの洟もわかばを映しけり　五三四

あんずあまさうなひとはねむさうな　五三五

あんずほたほたになり落ちにけり　五三六

あんずにあかんぼのくその匂ひけり　五三七

青梅の臀《しり》うつくしくそろひけり　五三八

きうりみなまがれるなつのおはりかな　五三九

昭和十(一九三五)年

小春日のをんなのすわるつつみかな　五四〇

梅折るや瑪《め》瑙《のう》のごとき指の股　五四一

毛皮まくあごのたまたまひかりけり　五四二

かかる瞳《め》は処女ならむか夜半の冬　五四三

冬の夜を冴えし瞳と居りにけり　五四四

うつくしくもいやしき女《め》なれ夜半の冬　五四五

しまらくに女《め》の頬ふくるる暖炉かな　五四六

紅《う》梅《め》生けるをみなの膝のうつくしき　五四七

紅梅《うめ》さげしをみなに道をたづねけり　五四八

春の夜の乳ぶさもあかねさしにけり　五四九

はしけやし乳房《ちち》もねむらむ春の夜半　五五〇

春の日や乳当を干す鏡の間　五五一

愛娘子《まなご》らの乳房《ちち》かたちづくはるなれや　五五二

春あさく巷《まち》の女《め》ながら摘むものか　五五三

春あさくえりまきをせぬえりあしよ　五五四

春あさくわが娘《こ》のたけに見とれける　五五五

こころ足《た》らふ女《め》にゆきあはむ摘草に　五五六

こころ足らふ女《め》を求めゆかむ朧かな　五五七

少女らのむらがる芝生萌えにけり　五五八

乙女らの白妙の脚かぎろへり　五五九

峠路やわらびたけてぼうぼうの山　五六〇

糸捲きに糸まかれゐるあやめかな　五六一

小説の鬼に憑かれて明け易き　五六二

くそ蜂のさかりながらも暑さかな　五六三

日の中の水引草は透りけり　五六四

新年の山見て居ればば雪ばかり　五六五

空谷山房

雪凍てて垣根のへりに残りけり　五六六

春立や坂下見ゆる垣のひま　五六七

京都四条

おほきにといひ口ごもる余寒かな　五六八

をとめごの菜引き見てゐる日永かな　五六九

をとめごの春埃《ほこり》のなかにふとりけり　五七〇

楢崎勤君が尾の道の鯛をおくれる返しに

鯛の尾のあみがさはねる春日かな　五七一

靴みがきうららかに眠りゐたりけり　五七二

馬込村

葱の皮剝がれしままにかぎろひぬ 五七三

昼深く春はねむるか紙しばゐ 五七四

春愁に堪へず笑ひこかしたり 五七五

子供らや墨の手あらふ梅の花 五七六

庭さきやあさめしこげて梅うるむ 五七七

頰白や耳からぬけて枝うつり　五七八

ひこばえに哀をいひてわかれけり　五七九

きみが名か一人静といひにけり　五八〇

朝ごとや花掃きよせつ歯のいたみ　五八一

蝶の腹優しくは見ゆ歯朶の上　五八二

明けやすきわがものがたり八衢《やちまた》に　五八三

穴あかりうごくものゐて梅雨あがり　五八四

梅雨ばれのきらめく花の眼にいたく　五八五

星と星と話してゐるそら明り　五八六

しなの追分

屋根瓦こけにうもれつ日の盛り　五八七

をみなごの顔剃らせゐる若葉かな　五八八

青梅も茜刷《は》きけり臀のすぢ　五八九

昼深く蟻のぢごくのつづきけり　五九〇

馬が虻に乗つて出かける秋の山　五九一

軽井沢庭前

しらかばにせみひとつゐて鳴かずけり　五九二

みづひきのたたみのつやにうつりけり　五九三

墨匂ふ漢の山々眠りけり　五九四

冬の夜の巷に鶴を飼ひなれし　五九五

ほほゑめばゑくぼこぼるる暖炉かな　五九六

しめなはの北なびきするみぞれかな　五九七

餅焼けば笹はねる雪となりにけり　五九八

ひるすぎの筧つららを滴りにけり　五九九

冴ゆる夜のかつてに雪駄ならしけり　六〇〇

寒餅や埃しづめるひびの中　六〇一

しろがねもまぜて銭ある寒さかな　六〇二

波こほる隅田を見しよ町のあひ　六〇三

植木屋を

石負うて枯野に人のおはしける　六〇四

塩鮭をねぶりても生きたきわれか　六〇五

菊枯れて牡蠣捨ててある垣根かな　六〇六

とくさまつすぐな冬のふかさよ　六〇七

昼蛙なれもうつつを鳴くものか　六〇八

昭和十一(一九三六)年

紅波甲といへるは東京の蟹くらゐある酒のさかなによろしき蟹也。金沢の家兄より送り来しその返しに

紅《こう》波《ば》甲《こ》や凪ぎしみやこも北の海　六〇九

浮《うき》鮴《ごり》の浮きも泳げる春日かな　六一〇

鮴のぼる瀬すぢは花の渦となり　六一一

信越戯吟(三句)

砂ふりて天つ日くらく夏山《やま》やけぬ　六一二

きくまさをぬるくあたため申すべし　六一三

秋もや丶馬のいばりのけぶらへる　六一四

秋の野よ家ひとつありて傾けり　六一五

夏あはれ生きてなくもの木々の間《あい》　六一六

夏あはれおとめ腕をあらはにし　六一七

夏あはれ松の埃の深むさへ　六一八

浅間山

山やけて天つ日くらしきりぎりす　六一九

天くらく降砂は朴《ほ》花《お》をくまどれる　六二〇

行秋や道まがりゐて人もなし　六二一

昭和十二(一九三七)年

孤蓬庵

つくばひのぼうふらさへも古りにけり　六二

夏やせと申すべきかや頬あかり　六二三

心臓にて禁酒一週間に及びたり

鯛やいて酒もない春も夕なれや　六二四

松の葉にそらの照りある余寒かな　六二五

庭先

ひとところ夕明りして花もなし　六二六

満洲

ほそぼそと荒野の石も芽ぐみけり　六二七

朝鮮

春の山らくだのごとくならびけり　六二八

夏山のぬくもり冷えて星の数　六二九

枕べのさかづきなめるいとどかな　六三〇

山蛍よべのあらしに消えにけり　六二一

炎天や瓦をすべる兜虫　六二二

昭和十三(一九三八)年

潦《にわたずみ》にごれるままに氷りけり　六二三

元日や銭をおもへばはるかなる　六二四

夕汽車に蟬とび入りて別れなる　六二五

昭和十四（一九三九）年

去秋、妻脳溢血にて倒る

生きのびし人ひとりゐて冴え返る　六二六

妻病む

春待や生きのびし人の息づかひ　六二七

春待やうはごとまじる子守唄　六二八

あしの皮はぎおちる冬の深みけり 六三九

何の芽や小鳥の糞のひとところ 六四〇

新年の山のあなたはみやこなる 六四一

さくらん坊の返し竹村君に

さくらごをたたみにならべ梅雨の入り 六四二

さくらごは二つつながり居りにけり 六四三

さくらごの籠あかるさよ厨口　六四四

夏のつゆ蛍子といひて夜つとめ　六四五

軽井沢

風のない涼しさよしんと葉波立ち　六四六

昭和十五（一九四〇）年

しぶ吐いて粉の手につく吊柿《つるし》かな　六四七

もみぢ浅く沼こほりけり鴨の声　六四八

ゆきふるといひしばかりの人しづか　六四九

余寒日日小説つづりゐたりけり　六五〇

桑の実に深山の蠅のたかりけり　六五一

行きもどり駅のいとどの絶えにけり　六五二

秋も深く灸すゑあうて別れけり　六五三

堀辰雄、野菜を送り来る

秋をふかみいんげんの爪切りにけり　六五四

しぐるるとなきに茶はなき端居かな　六五五

昭和十六(一九四一)年

悼亡

枯菊の匂ひもあらず人ゆきぬ　六五六

うめと呼びしが粥をつくりてくれにけり 六五七

歯にあてる春夜てのひらほてるかな 六五八

今宵しかない酒あはれ冴え返る 六五九

たまかぶら玉のはだへをそろへけり 六六〇

みなさんによろしくといひ梅日和 六六一

金沢にて

花杏はたはた焼けばかすみけり　六六二

小島政二郎に

瓶の酒にいつか春日の移りけり　六六三

追悼

暮れのこるに明けかかるとは言ひにけり　六六四

こどもらは上野つきしか虫すだく　六六五

うちつれて南瓜あそべり秋の縁　六六六

龍之介忌

硝子戸に夕明りなる蠅あはれ　六六七

玉菜の返しに

菊なますみちのくの菊と見るからに　六六八

冬ごもる人ごゑきこゆ枯木越し　六六九

菜をかかへ砂利もしぐるるたつきかな　六七〇

昭和十七(一九四二)年

艦に月さしのぼり艦はしろたへ　六七一

古襖草かげろふの消ゆるかな　六七二

昭和十八(一九四三)年

木枯や別れてもなほ振り返る　六七三

近頃

書くものに行き先見えず夏野かな　六七四

花あはれ泥鰌もあそぶ芥沼　六七五

春もやや瓦瓦のはだら雪　六七六

枯枝のさきそろひゐて冴え返る　六七七

枝のとがりにさはるにあらぬ余寒かな　六七八

睡《ねむ》たさよ筆とるひまの春の雨　六七九

はるびんのみ寺よはるの祈なる　六八〇

教科書まとめしまひつ梅の花　六八一

梅咲きぬ食ふ銭ありて美しき　六八二

冬越えの梨うつくしや草の家　六八三

夏の日の匹婦の腹にうまれけり　六八四

龍之介忌

足袋白く埃をさけつ大暑かな　六八五

赤蜂の交りながらも暑さかな　六八六

夏の山干《ひ》魚《うお》のまなこの光るかな　六八七

蟬一つ幹にすがりて鳴かずけり　六八八

とんぼうの腹の黄光り大暑かな　六八九

日ざかりや廂にのぼるかぶと虫　六九〇

夕立やかみなり走るとなりぐに　六九一

朝日さす町の埃や夏名残　六九二

京都即事

犬も曳く粉屋ぐるまや秋暑し　六九三

さかさまに葉書かきゐて秋夕　六九四

秋あはれ山べに人のあと絶ゆる　六九五

ひとりねの枕にかよへ秋の風　六九六

秋の餅しろたへの肌ならべけり　六九七

秋あはれ啼く声をさめ虫のゐぬ　六九八

馬の仔はつながでゆくよ秋のくれ　六九九

兼六園

草古《ふ》りてぼろ着てねまるばつたかな　七〇〇

冬に入る玻璃戸を見れば澄めりけり　七〇一

ひよどりの瘠せ眼に立ちて冬日なる　七〇二

短日や夕にあらふ昼の椀　七〇三

石ほとけ寺よりかりて冬の苔　七〇四

行年や炭かじる子のさむしろに　七〇五

笹にまじるあやめみどり葉冬深き　七〇六

冬深く萎《な》えし花々幾日ぞ　七〇七

干《ひ》魚《うお》あぶる市中に来て冬深き　七〇八

これやこのむかしの炭のひと俵　七〇九

冬萌えのおちばすきまに冴ゆるかな　七〇

冬萌えの藍の花もつ何の草　七一

冬ざるる豆柿のあまさとほりけり　七二

梅もやや鰯あぶりてぬくとい日　七三

干鰯おしいただきてくらひけり　七四

干鰯たやさぬ冬の深まりて　七五

障子には毛布つるしぬ冬ごもり　七六

しぐるるにあらぬあしおと絶えにけり　七七

つるやまでマッチもらひにしぐれかな　七八

わびすけにみぞれそそぎて幹白し　七九

わびすけのくちびるとけて師走なる　七二〇

笹鳴の渡りすぎけり枇杷の花　七二一

霜にこげし松の黄ばみや寒の明け　七二二

たまゆらや手ぶくろを脱ぐ手のひかり　七二三

つるぎ研ぐ白きにごりも冬に入る　七二四

昭和十九(一九四四)年

鳥かげの翼さばきも障子かな　七三五

春日さす土を手をもて叩きゐる　七三六

昭和二十(一九四五)年

冬山やたゞにおもふは人の上　七三七

昭和二十一（一九四六）年

柿若葉時計きき入る藁屋敷　七二八

なまめきて襷かけたる若葉かな　七二九

蘆若葉渡舟のみちのつきにけり　七三〇

暖かや植ゑしばかりに蝶の来る　七三一

朝顔にかしがぬ家や夏埃　七二

くちなはの母

くちなはの母といふ花咲きにけり　七三

昭和二十二(一九四七)年

山中やさくらはただに一ところ　七四

重治のつまも来てゐる春夜かな　七五

垣を結ふ人物言はずくれにけり　七三六

ひさかたに飯焚きにけり梅うるむ　七三七

草生えて橋ぬくとさよ囀す　七三八

坂上や汽笛かすみて梅雨に入る　七三九

船《ふな》蔀《じとみ》上げて掃きゐる残暑かな　七四〇

昭和二十三(一九四八)年

朝とやを出る雛鶏に大暑かな　七四一

初蟬やうつゝに見ゆる遠瓦　七四二

日のぬくみあんず頬にあてゝ居りにけり　七四三

もの思ひ炭をふたつに折りにけり　七四四

うつつなや顔いろのこる春の暮　七四五

鮎はしる瀬すぢやませの立ちにけり　七四六

杏熟れむすめらの頰はいかばかり　七四七

あんずまんまるく葉にすわり　七四八

あんずらは熟れきはまりておちにけり　七四九

昼ふかくあんずおちゐて匂ひけり 七五〇

昼ふかくあんずのたねの乾きけり 七五一

初蟬や襖を外す寺ざかひ 七五二

川添や風鈴古りて日のうつり 七五三

風鈴や二階から汲む片釣瓶 七五四

風鈴やちらとは見えし人の肘　七五五

白粉のつめたさかくす団扇かな　七五六

竹の葉に虫つく秋の日でりかな　七五七

片はづれして眼さめけり秋の蚊帳　七五八

夏めきて机の紙の冷えにけり　七五九

鼻つまるみんみん山のひびきかな 七六〇

はかられぬ昼のふかさよきりぎりす 七六一

片日照る昼のふかさよきりぎりす 七六二

機織やふすまあくればついて鳴く 七六三

機織やマチする夜半のたばこぐさ 七六四

秋日さす雑魚ゐる瓶と遊びけり　七六五

あさま路も白けわたりし秋日かな　七六六

虫籠も古りし編戸のこぼれけり　七六七

荷瓦や漕ぎしづまりし虫の声　七六八

女住みなまめしからず小萩垣　七六九

通るがに着替へるひとや萩戸ごし　七〇

山裾につゆけき机すゑにけり　七一

くちなはの尾の消ゆ草も枯れにけり　七二

くちなはの波白砂に絶ゆるかな　七三

こほろぎや古摺鉢に何の草　七四

こほろぎの下くぐりゆく芝生かな　七七五

栗のつや雨ながら拾ひこぼしけり　七七六

おち栗のはにかむくさはあかままか　七七七

ぼや拾ふ眼に渓川の光るかな　七七八

ぼや払へば皓たるそらに飛びにけり　七七九

一ところ菊あかりあるしぐれかな　七八〇

しぐれては人の墓べに立ちにけり　七八一

豆餅のつやめく昼のぬくき日かな　七八二

芽をかこふ干菜のしんのあはれなる　七八三

昭和二十四(一九四九)年

元日やまだ灯ののこる後ろ山　七八四

日のなかに雪のきららの光りけり　七八五

雪きらら頬にさはるともあらぬ間に　七八六

山吹ややほやがおつり置いて行く　七八七

山吹に炬燵いとしむ名残かな　七八八

山吹や道まがり行く女づれ　七八九

山吹や喉もほそれる珠飾　七九〇

一《いち》八《はつ》や根もと乾ける虫の殻　七九一

行春や渡世の文も行きづまり　七九二

春の昼煙草もこなとなりにけり　七九三

ふるさとよよれる柱に蟬の来る　七九四

籠の虫やつれて足も折れにけり　七九五

水引のもつれる風のすさびかな　七九六

ねこのこのやつとあよめり水引草　七九七

あぶらさす袂時計や冬の町　七九八

帯ゆるむ夕春寒となりにけり　七九九

機織の昼のすだきのしげくなり　八〇〇

縫ひものや小言くやしき萩の垣　八〇一

昭和二十五(一九五〇)年

あのあはれもこのあはれも見ゆ秋のくれ　八〇二

あやめ白くものもいはずに別れけり　八〇三

くさむらにひるがほの仄かさもあはれ　八〇四

ひるがほのみちを隔てて住みにけり　八〇五

夏帽の顔をかしげて去りにけり　八〇六

昭和二十六(一九五一)年

夜の畳ひとつ蟻ゐてかそかなる　八〇七

扇屋に薄暑の襟の立ちにけり　八〇八

初秋の木もれ日しろくなりにけり　八〇九

繭の中音しづまりて秋しぐれ　八一〇

昭和二十七(一九五二)年

杖ついてありくは人かかげろふか　八二一

山の家の梯子して簾つりにけり　八二二

日はいまだすだれに手紙すかし読む　八二三

赤とんぼ日もうすれがの風しもに　八二四

昭和二十八(一九五三)年

鬼灯や母娘と住みてなまめしき　八一五

乏し灯の海ほほづきも祭かな　八一六

草ひばり豆の葉の穴いで入りつ　八一七

三味線や時雨わたりて弾かずなる　八一八

昭和二十九(一九五四)年

靴音の記者は乙女か夏めける　八一九

うしろ手におさげ編みゐるあやめかな　八二〇

昭和三十(一九五五)年

餅のつや冴えきはまりて割れにけり　八二一

餅のひゞ骨正月を割れにけり 八二二

はるさむく杏のつぼみ曲り出る 八二三

杏のえだ鉄のごときにつぼみかな 八二四

手にとりてあはれとおもへ蟬の傷 八二五

つゆくさのつゆめく女《ひと》もありぬべし 八二六

山径に頬の照る栗わかちけり　八二七

障子洗へりすでに冬芽の立ちし見ゆ　八二八

栗はじくとんとん屋根も我家なる　八二九

昭和三十一(一九五六)年

木枯やいのちもくそと思へども　八三〇

昭和三十二(一九五七)年

草しげる明日なきやどを見て過ぐる 八二一

うしごめの丘町のぼる暑さかな 八二二

行く人や袂にいつの草の花 八二三

金沢やがらがら嗄れる蟬の喉 八二四

梨売りの時計を聞きて去りにけり　八二五

昭和三十三（一九五八）年

女一人途《みち》も絶えけり秋夕　八二六

昭和三十四（一九五九）年

蝶の羽のこまかくふるえ交りけり　八二七

昼深き春蟬の町に入りにけり　八三八

軽井沢

行春や菫をかこふひとところ　八三九

人づてもなきくれぐれの秋めきて　八四〇

軽井沢

きりぎりすはたとやみけり畝の径　八四一

障子洗ひ山々のやつれ見えにけり　八四二

昭和三十五(一九六〇)年

詩書の名の廃市に蛍かよひける　八四三

(注)昭和三十五年七月三〇日付福永武彦宛葉書

うた告ぐるひともあらなく夏あはれ　八四四

昭和三十六(一九六一)年

冬深く干柿の粉の濃くは見ゆ　八四五

山峡に人の住みゐて死なずけり　八四六

下島先生に

とんぼうや羽の紋透いて秋の水　八四七

散文

序　文(『魚眠洞発句集』)

自分が俳句に志したのは十五歳の時である。当時金沢の自分のいた町裏に芭蕉庵十逸という老翁が住み、自分は兄と五、六度通うて発句の添削を乞うたのが始《はじめ》である。十逸さんは宗匠だった。しかしどういう発句を見て貰ったか能《よ》く覚えていない、ただ、十逸さんは宗匠らしい貧乏なしかし風雅な暮しをしていたように記憶している。

十六、七歳の頃、当時金沢俳壇で声名のある河越風骨氏に、毎週数十句を物して添削を乞うていた。自分の発句道を徐《おもむ》ろに開眼させて呉《く》れたのも、その道に熱烈だった河越氏に負うところが多い。

焼芋の固きをつつく火箸かな

藤井紫影《ふじいしえい》先生が北國新聞の選者だった関係上、自分も投句して見て貰うた。ある早春の晩、紫影先生の散歩していられる姿を片町の通りで見て、詩人らしい深い感銘を受けた。

行春や蒲公英ひとり日に驕る
金魚売出でて春行く都かな

記憶にある是等の句の外《ほか》、まだどれだけあるか分らない。後に紫影先生は京都大学に転任され、四高に漱石《じょうせき》先生が後任された。自分はその頃『中央公論』の俳句欄にも投句して繞石先生に選をして貰うていた。四十句位書いて一句平均に入選した。爾来二十年、大谷先生にお目にかかる時に何時《いつ》もその頃の拙い句を思い出した。

当時碧梧桐《へきごとう》氏の新傾向俳句が唱導され、自分も勢いこの邪道の俳句に投ぜられた。従って松下紫人氏、北川洗耳洞《せんじどう》氏に作句を見て貰い、就中《なかんずく》、洗耳洞氏には三年程その選句に預っていた。

これらの若い折の作句は年代に拠って明かにした。真実の発句道に思いを潜めるよりも、むしろ一介の作句人たるに過ぎない自分の俳歴であった。

二十五歳位から十年間、自分は俳道から遠ざかる生活をし、同時に詩も書かなかった。自分は前の五年は市井に放浪し、後の五年は小説を書いて暮していたからである。

発句道に幽遠を感じたのは極めて最近のことであり、三十歳までは何も知らなかったと言ってよい。幽遠らしいものを知った後の自分は、作句に親しむことが困難であり少々の苦痛を感じた。芥川龍之介氏を知り、空谷《くうこく》、下島勲《しもじまいさお》氏と交わり、発句道に打込むことの真実を感じた。

俳友として金沢の桂井未翁《かつらいみおう》、太田南圃《おおたなんぽ》氏等はよき先輩であった。自分は発句道の奥の奥をねらい、奥の方に爪を掻き立て、耳を欹《そばだ》てる思いがしたのも、極めて最近のことである。実際はまだ何も解っていない小僧に過ぎない。しかしながら自分の発句道もまた多少人間をつくる上に、何時も善い落着いた修養を齎《もたら》していた。その美的作用は主として美の古風さを教えてくれたのだ。新鮮であるために常に古風でなければならぬ詩的精神を学び得たのは自分の生涯中にこの発句道の外には見当らないであろう。

昭和四年二月　　大森馬込村にて

著　者

序（『犀星発句集』野田書房）

昭和四年に『魚眠洞発句集』を上木してから、恰度《ちょうど》七年振りにこの句集を版行することになるが、多くは散逸して集編するに甚だ艱難であった。時折の即吟などにも相当に採るべき句があっても、永い間には忘れて了《しま》ったものが多いのである。手帖、日記、友人の手紙などから採ったものを集め百句に足りないのは、発句は入りやすく体を為すことが難しいことを思わせるものである。

発句は私にとって文学的幼稚園であり、そして何時までも私は其処にいる取りとめのない子供でもあるらしいのである。しかも此処《ここ》二、三年間に発句はさまざまな方面から、新しい素材を盛って変りかけて来ている。それら一群の陣容を見ると明治以来幾度か新しくなろうとして失敗して来た発句も、やっと確乎《しっか》りと起き直って来たらしい感じである。軈《やが》て昔日の発句という極めて一般的であった古雅なおもかげが剝げ落ちて、小気味の好いさっぱりした顔つきの発句を見ることが出来るであろう。

私はこの発句集を浄書しながら恰《あたか》も処女詩集を編んだ、昔懐かしい私と邂逅して微《かす》かなよろこびを感じたくらいであった。発句の巻《まき》を編むということですらかくまでに私を幼なく、眼清《すず》しくするものとは思わなかった。これは私の心の問題であるよりも、発句に潜んでいる深い徳のあらわれかも知れないのである。十五、六で俳句を書いていた私はそれから三十年一日として発句を思わない日とてはなかったのに発句はなかなか上達して呉れないのである。

犀　星　生

昭和十初夏

序（『犀星発句集』桜井書店）

ここに集めた発句は私の発句としてはその全部である。抹殺したのもかなりある。十八、九歳の頃からの句もあれば五十を過ぎた句もあるが、発句で堂に入るということはもう私などには到底出来そうにもない、はるかに遠い道であった。これからも私はふたたび堂にはいろうとは思わないものである。

発句ではただ一つの道をまもり、そこを歩きつづけることができたかどうかも問題である。私は一つの奥をきわめたことすら、甚だ覚束ないと考えている。

犀星

序（『遠野集』）

風呂桶に犀星のゐる夜寒かな　龍之介

集中もっとも古い句は十七歳の折の「蒲公英の灰あびしまま咲きにけり」にはじまり、「木枯や別れてもなほ振り返る」にいたる四十何年間暇あれば作句に従って来たものの、次第に俳句にかたが出来、下五文字の置き方にも、決った見栄《みえ》が生じ、背丈《たけ》にも、はばにも、うごきのとれないような窮屈さが感じられた。そのため素直に作句にはいることが出来なくなり、俳句に遠のくような或る時期があるようになった。作句に遠のくことは、俳句をおもうこと切なる時が多い、こんな悲しいかたのある世界にはいりかけているることは、まったく自らをいましめることを怠ったためであろう。

俳句というものには底がない、また、その底をつかもうとする構えをもってしてもそれはつねに無駄なことに終るらしい、何処《どこ》まで行っても、素直な世界をうしろにしては、この境の何物もくみ取れないからである。様々な心の持ち方の経験からいっても、十七歳の折の作句の心がけ以外には、すがって学ぼうとは思わない、ここまで来て見ると芭蕉という人の多技秀才にはまったく敬服される。あれほど豊かな胸のうちは、たとえば野の賑《にぎわ》った或る一処を見るようで、その美しさには手がつけられないまで、複雑な花や草がその心の隙間に詰め込まれている。どこをほぐして見ても、それがすぐれざるはなき比類ない世界であった。

『犀星発句集』（野田書房刊）『犀星発句集』（桜井書店発行）の二巻が十年を前後して出版されているが、それらの集句はその刊行ごとに取捨撰択が行われ、『遠野集』までにすでに大部分をすてた。こんどの『遠野集』は最後の句集であるため、作句の生い立ちをふたたび眼で見、心にあたらしく感じるのと同じ立場に置かれるので取捨もきわめて自然になされた。俳句はどこまで行ってもきりがなく、その行き方も私にはもう道が尽きていることだけが、この『遠野集』の果に見られて、道の尽きていることを知ったのは何より俳句というものを知った証拠であるように思えた。この外に知ることはない。

なお本集の墨書原稿は昭和十二年の冬に、信州軽井沢の宿でこつこつ書いた物で、その当時から墨書きの書物を思い立っていたが、機会がなく今日に至ったものである。

昭和三十四年仲春

著　者

俳道

自分はこの頃詩を書いて見ても段々短くなって殆《ほとん》ど三、四行のものしかできない。呼吸が以前のように永くつづかないで、たまに書くものは発句のような詩になってしまった。それなら発句を書いていたら、よさそうなものだが、やはり時折詩が書きたくて書いている。しかし発句とは、べつに変ったところがない。自分はもう詩なんぞ書くよりも発句でも書いて、折々の閑雅の心遣りをしていた方が余程よいと思うようになった。そして若い人たちの詩を見るとやはり自分の書いて来たことが繰り返されてはいるが、どこかに変った心もちや色があらわれている。

そしてわたくしに取っては詩も発句も同じいものになろうとしている。詩が何となく西洋風であるに較べ発句が古雅な伝統の上に建てられていることも、わたくしには新鮮な詩情であった。わたくしに取っては発句が単なる発句ではなく、詩を捨ててこの道に入ってゆくことは、やや微かな悲壮の感じがしないではなかった。詩は幼年のわたくしを育てたが、発句は青年中期のわたくしにふたたび新しい道草をつませてくれるのである。自分は詩に飽かないうちに書きたくなくなり、発句の精神は気質からすでにわたくしに向いているようである。それゆえわたくしの発句は私一人にとり、中々に重要なことで、ただの閑暇《ひま》つぶしや余技の類ではない。すくなくともわたくしの今の年齢での何も彼も籠《こも》らせたものでなければならぬ。形式は古くとも悟入の新奇さに驚き勇むこころは、過ぎし日の詩情をさえ捨てた壮烈さをもたなければならぬ。まして世上一介の俳人として立つことを潔しとせぬことは無論である。

芭蕉のさびしおりを慕うてもわたくしにはああいう暮しはできない。ああいう暮しは芭蕉だけに亡びていい生活である。ただわたくしの考えることは発句でも書いて、それに暮しを支えるような収入があれば、むろん私はその生活に従《つ》くだろうということである。だが今の世は句作でくらせる訳のものではない。蕪村でさえも絵を書いて生活の資を得て句作をしていた。わたくしは悟入の暮しをする前には充分に世上との応酬をもしなければならぬ。そういうことに慣れているわたくしには何でもないことである。人は好きに心を馳せるためには仕事はしなければならないからである。

わたくしは古色蒼然たる一句を愛している。古いほど新しい句が好きである。それゆえ、いまある新傾向というものに不賛成で、自分一人の意向としては蕉門の風習を佗《わ》びることを望んでいる。かれらのねらいはさすがに二、三百年の向うを睨んでいた。動かない所に居たことは今日芭蕉、丈草、去来、嵐雪、または蕪村、一茶などを駢べて見れば判然とする。ともかくかれらはそれぞれに違った気もちにいたにせよ、睨みの中に一本の道がずっと今まで続いていたことは、彼らの身も心もそして己々の道を磨くためには、みなさびしおりにかしずいたためでなければならない。にらみにさえ永い将来の遠きを見ておれば、詩も発句のあたいも矢張り持ちこたえるにちがいない。眼前膾炙《かいしゃ》の粗景に軽々と心を動かすことは考えものである。

金沢に一年いたころに風呂に入りながら、屋上を敲《たた》くあられの音を聞いたことがあった。風呂桶に沈み込んでいると二粒三粒、煙突の穴から落ちて来て、仄暗い灯に冴えて見えるのが、発句めいた風景で忘れられなかった。冬の日の黄《きい》ろく濁ったのが障子に射す東京の我家の風呂場にくらべて、どれだけ冬らしい気もちだったか分らない。――

自分は前栽《せんざい》に一つの筧《かけひ》を引いて一滴の音を聴いているが、水音というものは春よりも夏秋のそれよりも、冬深く葉の落ちたところに聴いていると、一層の閑寂さが感じられるようである。火桶を擁しながら売文の埃をあび、喘ぎながらいるときに水音を聴くのは一陣の清風を身にあびるようなものである。しかも今朝は池の上に氷が張り筧さえ凍りかかっているが、水音は半ば涸れながら落ちている。池中の魚は姿は見えぬ。笹の葉はその縁が枯れて蕭《しょう》として霜をあびている。自分は俳道というものの姿を見たような気がして氷の融けるのを待ち侘びた。俳道の底にもこれらの一滴が落ちていて四方枯れた野山に通じる一本の筧があるのではないかと思われた。筧の水は温かく氷を上の方から融《とか》している。

いまから思うと自分が国にいて冬の涸れた川原にちょろちょろ水の流れている幽遠を考えると、まことに天下の冬を領しているものであった。瘠せた山々からやっとしぼり出されたような流れが、果もなく続いて、白い石と石との間を縫うている。石の上にはみな雪をいただいている。水は暗く音は寒い、——自分は俳道の底をさぐり当てた思いで、何度もその景色を眺め讃嘆した。この幽遠をつらぬいてわたくしに何が走り過ぎたか。——わたくしは遂に何も考えないで歩いた。これらの風景は果して人間に入用なものかとさえ、わたくしは乏しい自らをかえり見た。

その時も考えたことは唯一つ俳道成りがたく、己の心至らぬことであった。まだ、そういう風景にしたしむには年齢が若過ぎはせぬかということと、風景にも年齢をとらぬと、入ることのできないもののあることをも沁々《しみじみ》思うた。風景はすでに百歳のよわいを帯びていた。あるいはもっと年取っているかも知れない。かりにそうだとすれば私はあまりに若すぎると思えたのである。

（『俳道雑記』、一九二三年。『室生犀星全集』第三巻、一九六六年二月を底本とした）

俳　句

僕は十五歳の頃から俳句を作った。年少の心に映じる自然や人事を述べるのに、この小ぢんまりした十七文字の詩形がはいり易かったからであろう。その時分、郷里金沢の「北國新聞」というのに俳壇が設けられていて、自分はそこに折々の句作を寄せていた。そういうわけで間もなく金沢に住んでいる俳人達と知己になり、北声会という俳句の会合に出席するようになった。この北声会というのは北陸で古い歴史を持つ俳句の月並例会であって「ホトトギス」の系統をひいていたようである。その当時第四高等学校に教鞭を執っていられた藤井紫影氏などが中心になっていて、十五歳の僕は藤井氏からいろいろ俳句についての親切な指導をあずかったものである。この運座の句稿を「ホトトギス」の地方俳句界という六号組のところに毎月幹事が熱心に出稿していたが、百句くらい出しても五、六句くらいしか載らなかった。北声会の三、四の俳人も屢々《しばしば》投稿していたが、誰も採られたことがなかった。その時分の「ホトトギス」はそれほど勢力があって、句選もよほど厳格をきわめていたものらしいのである。僕のそのころ作ったものにつぎのようなものがある。

凧《たこ》のかげ夕方かけて読書かな
行く春や蒲公英《たんぽぽ》ひとり日に驕る
昼顔や海水あびに土手づたひ
ちんば曳いて蝗《いなご》は縁にのがれけり
焼芋の固きをつつく火箸かな

藤井氏は運座の席上で、或る時、僕の扇面に「句に痩せてまなこ鋭き蛙かな」と書き付けてくれたのもその時分の事だったろう。

それからずっと後になって、田端に住んでいた時分、近くに故芥川君がいてまた折々句作するようになった。俳句というものは一生の間に必らず二度は出逢うことのできる、また、二度は出逢わなければならないものらしい。全く文学のふるさとであると云っていいのだ。

芥川君や僕などのいわゆる文壇人の俳句はみな余技のように云われているしあるいは余技であるかも知れぬが、しかし、俳句をつくる時にはいつも句中の鬼と格闘《かくとう》するほどの気組で句中に悶えているのだ。芥川君は凝性であったばかりでなく、俳句をつくることがはなはだ好きであったようである。——僕が俳句を思い句をつくるのは大抵閑暇のある折が多い。閑暇のある折は凡《およ》そまた物悲しい心持の状態に在る時が多いものである。しかし、楽な気持で作句することはない。僕は今だに一句を得るのに半日苦吟していて仕事が捗取《はかど》らないことがある。心の上の睨みや構え、凝気の点に至っては、小説や詩の人生とおなじく俳句の中の人生もやはり呼吸苦《いきぐる》しいくらいだと云ってよい。このような点は年少の時に感じなかった気持である。僕はこれを俳魔と呼んで心中おそれをなすことが屢々である。従ってこのごろではむしろしずかなその空気の裡《うち》にいることが楽しい。俳三昧というものは、そのような心もちが絶えず作者の身辺に漂っていることを云うのであろう。

（『一日も此君なかるべからず』、一九四〇年九月）

なみうちぎわ

私に隠れて彼女はこそこそ原稿を書いている事があった。私のもっとも当惑しているこの一つの事件は、数年間に亙ってあるいは小さな雑誌に印刷されたり、俳句雑誌に掲載された随筆などもつい読むようになったが、私は原稿だけは書かぬように忠告しても却々《なかなか》やめない、誰がこの原稿を雑誌社に廻しているのかと、気をつけて見ていると、横山美智子が見えると、僅かに私が席を外したりあるいは横山美智子自身が離れに這入って行き、ひそひそ話を続けていて、彼女は上機嫌になっている事、少し工合の悪そうな顔を笑いに紛らせている横山美智子をみると、この人が原稿をあちこちに廻している事に気づいた。私は横山美智子に犯人はあなたらしいがどうか原稿だけは書かさないようにして下さい、原稿を書くと血圧がぐんぐん昇ってゆくし、その原因が判らなくて今までに随分困りましたが、あなたも原稿を差しつけられてお困りのこともありましょうから、そこを巧く切り抜けて原稿はすいせんしないで下さいと真面目に固く断わって置いたが、やはり机に正坐して何かこつこつ書き、夕方には蒼い顔にみだれを打って一《ひ》と騒ぎがその度毎《たびごと》に起った。

その原稿にも原稿料が支払われると、喜色満面の気色で皆にお八つの菓子を振る舞い、晩にはお寿司を取って皆に奢ったりすると、僅少な原稿料は遣い果されて、彼女は書留の社名入りの封筒を机の上に眺め、さびしそうであった。私はつかった分の原稿料だけの金を手許に届けて、奢りすぎると笑ってこれを償うていた。そういう面白い事もあるので彼女の原稿を書くことは続けられ、私は本気になってそんな悪戯《いたずら》だけは止めるように言ったが、或る日、甚だしい血圧昇上があって容易に降らなかった事があってから、さすがにここ半年ばかりペンは執らなかった。ただ、俳句だけは月に二、三句くらい作り、出して見てはこれを推敲していた。以前に自費で昭和十四年に『しぐれ抄』という発句集を出版したことはあったので、俳句なら宜かろうと思い、私は俳句をさまたげる事はしなかった。たまに、私に見せることもあったが、病気以前の俳句に見られた用意のふかさがなく、病気以後の俳句はたるんでいて、探る内容に永く留まることに物憂さがあるようであった。それは脳溢血後の句作に充ち亙った傾向であって、句数も尠《すくな》く永く執着するには疲れやすかった為であろう。大概の句はすらすらと、句作の動機がなくて詠まれたものが多かった。

死後、日記、覚え書の原稿、紙きれ、随筆に挟んだ俳句、手紙などを読んでゆくうち、ふとした一句に打《ぶ》つかったが、それはつい去年の夏あたりの病中に詠んだ物らしく、少時《しばらく》私は眼を留めて見入った。

おもゆのみたべをへしあとのいく日ぞ

私はこの一句を辞世の句として遺稿集に編輯したが、これを巻頭に置き傍書《わきがき》に、世を去るという文字を記した。これは死去数ケ月前に書かれたものらしく、彼女が偶然にこの句を得ていることにも、人間はつねに何気ない平常に自分のすぐせを表現していることを知ったのである。この句にはしぜんに書かれた趣きがあって、真直《まっすぐ》な往く道がしるされていた。「おもゆのみ」と切り、さらに「たべをへし」と詠《よ》みあらためたところが素直なあらわれであった。絶えず毎月のように食べ過ぎで腹をこわし、風邪を冒《ひ》いて臥ていた彼女は、何時もおもゆからお粥への順序をふんだ恢復のみちを、懲りもせずに永年のあいだに繰り返していたのである。

春寺の魚板《ぎょばん》のまなこくぼみたり
白足袋のうすよごれたる野芹かな

石段の花ふみよけて登りけり
白もくげ咲く道人と別れけり
いとしごの墓ある寺のしぐれかな
夕がほの花よりあをき月いでぬ
眉のへに菊のあかりのさしにけり

「夕がほの花よりあをき月いでぬ」は最近二、三年の作句らしく、見ように拠っては物すごい一句である。稀ではあるが意識していない偶然の表現がこんな内容を展《ひろ》げる時に、句作人として何の経験をもたない人が、突然、大きい曠野にさまよい出るような驚きを人に与えることがあるが、この句にもそれがあった。作者自身も作った後で見直すような境である。

私はこの遺稿句集を編輯しながら、それの公刊について惑いを感じていた。よく愛児の遺画集、愛妻の詩歌遺稿の書物が送られた時に、これが故人へのなぐさめになるのか、それとも後にのこった家族達の思いを劬《いたわ》るための書物であるのか、若しくば故人はこういう詩歌を書いていたが、こういう女もいたということをあなたが読んでそう認めてくださるなら、私達もこの遺稿集を発行したことに甲斐があって嬉しいという意味なのであるか、しかし私は大概の遺稿集を読むには極めてつめたい気持であった。死んでから自分の本が出たって何になるのだ。死んだ後にわたしの名前が印刷になってもちっとも嬉しくないと、故人は烈しく詰め寄るだろうか。

しかも私もまたそれらの孰《いず》れの意味にも通じる遺稿集を印刷して、知人に頒《わか》つ暗い愚をくり返そうとしている。一人のもっとも親しかった人間が何かをあとに残し、それを愬《うった》えていいような人のこころに縋って話そうとする、死後の物語なのだ、この話しかけるためにあった文学の形式は詩歌のどち側にあったにせよ、今はその形式をととのえて熱心に話しかけているのだと、そういう釈《と》き方を頭に置いて私は漸くほっとしたのである。死者の話というものは書物の出版によるか、あるいは人間同士の口々によって伝えられるかの、二つの内の一つである。遺稿集につめたい眼で眺めて来たことに誤りはなかったが、それより先ず熟読して見るべきであった。遺稿という物を読者によって相当きびしく評価されることがあるなら、これも恐ろしい文学の余波に打消されるものの一つで、何処かの海べに打ち寄せられる木々の枝か葉の、そのうちの一枚か一本の枝なのであろう。正統な文学の大きいところに出る数多い無名の豆本や、詩歌集の運命もみなこんな処にあるものだが、私の編輯した物もやはり無名の、波打際に寄せられ、毎日その文字の跡が消えてゆくものであろう、それは結局私の「泡沫論」の帰結するところにあると言ってよいのである。

（『室生犀星全集』第十二巻、一九六六年八月）

杏の句

室生朝子

父の文箱の中から、私には思いがけないものが出て来た。

三年半前に母が亡くなった直後に、ある雑誌に出た、母の俳句の、スクラップであった。雑誌がおくられ、何気なく目次を見た私は、母の名前の印刷されてあるのを、驚きながら父に報告をした。このような原稿を、母が渡してあるということを、父は勿論私も知りはしなかった。

『俳句のなかで』という表題の、なかでのでは消され、その上には、父のペン字で『遺稿』と、細くかかれてあった。発見した私は、『遺稿』と書いた父が、今は『遺稿』と書かれる人になってしまったことが、不思議にそしてまた、悲しく感じられた。

その雑誌は父の作った、『とみ子発句集』と一緒に、相当の長い間、母の写真の前に、飾られてあったのだ。だが、私の気のつかない何時の間にか、父はそれを切りぬき、自分の原稿用紙に貼りつけ、その上に句読点までも丁寧に、書きこみがしてあった。父は、いつの日か、この母の俳句の原稿を、自分の作品の中に使うつもりであったのかもしれない。自分の原稿の切りぬきさえ、私にやらせていた父が、忙しいなか、母の原稿を自分で作る、それは当然私がやらなくてはならないことであったが、何時やるとも一向にその気配も見せぬ私に、父は素早く行ってしまっていた。私はこのきりぬきをみつけるまで、何処かにしまってあるだろう、ましてや父の文箱にはいっているなどとは、想像すらしないことであった。ただの二頁だけではあるが、私は其処《そこ》に再び、その時はすでに存在していない母に対する、父の奥深い愛情というものを、父が世を去って五十いく日過ぎた今、目新らしいほどの父の心を、はっきりと知ることが出来た。

俳句を私と弟に教えてくれたのは、父ではなく母であった。外出時の母のハンドバッグの中にはいつも、小型の黒い手帖がはいっていた。そして、何処に行っても、例えば電車に乗り腰かけられると、母はすぐに手帖を出して、何かを電車の揺れにうまく合わしながら、書き止めていた。私はある時一緒にいて、それを見てしまった。母の大きい上手な字で、俳句が一句ずつ作られ、書かれていた。

まだ子供のころ、ふと目を覚ますと、隣りにねている母は、スタンドのあかりで、大学ノートに鉛筆で何かを書いていた。こんな夜を私は何度も、見たことがあった。そしてまた不思議なことには、昼間机に坐っている母を、私は見たことが一度もなかった。ものを書くことが好きだった母は、私達病気勝ちな子供の世話と家事で、自分の好きなことをする時間は、夜しかなかったのだということが、私には、やっと今になって解ったのであった。

晩年は左の手で不自由ながら、ほとんど一日中を、ノートや原稿用紙に向っていた。夕食後などもひょっと気がつくと、母は鼻紙の上にその時作った俳句を書きつけてもいた。また、あるおやつの時間に、昨日はこれだけ作りましたと、五句ほどを紙に書いて、父に見せる。父は、黙って見る。そしてよい句には、丸印をつけて再びだまったまま、母に返す。こんな無言のうちに行われる、父の採点を、母は喜び、その度に、ありがとうございましたと、丁寧に御礼を言っていた。

亡くなる二十年ほど前、即ち母が半身不随になる前の元気な頃は、子供達や動物を多く、俳句に読み込んでいたのだが、晩年は、外出もせず家にこもりきりであった母は、自然と母の対象物は、四季の移り変りと庭の木々の中に、自分をはめこんでいった。それは自分の方に、自然や木々がとびこんで、母のものとなったのかもしれない。木々の葉の光の中に、人間を感じたり、花のしぼむ命を悲しがったり、素直な母の心は、俳句の中で、そしてその句につけた、短い文章の中に、深く拡がっていっている。女として優しすぎたほどの母の性格が、思わぬひとことの中に、一杯につまっていて、私は、よく理解出来ていた母ではあったが、どきりとするほどに、驚ろいたのであった。二十二年間もの半身不随の母を、卑屈にもしないで穏やかに命あるまで見送った父は、もう私の傍にはいない。

母が父と結婚しないでほかの生き方をしたら、母のものを書く態度は、また異ったものに必らず展《ひら》けていったであろう。こんなことばをいつか父に言ったら、父は妙な顔つきをして、母には書く才がないと言いはしたものの、それは人一倍照れやの父の、ひとつの態度に過ぎなかったであろうと、私は思った。

三三・六　とみ子

木洩日の影にも杏色づきぬ

杏　そつとあかみを帯びてうつくしく

木洩日がおどっている。楽しげにあんずの色を染めている光の小人たちを、私はいたずらっぽい目で追う。葉がゆれて、小人たちと一緒に、あんずもかくれてしまう。木の枝のなかでのかくれんぼ。私と小人たちとのかくれんぼ。

杏　あまさにあまさにほたとおちにけり
あまさ、杏の実のあまさとは、おもさであったのか、と私は、その音を心のなかで、しばらく味わっていた。私の心のなかで、あまい音が波紋をひろげ、私のからだ中に、杏のあまさをしみ渡らせていった。

三三・六　とみ子

くちなしのつぼみおとろへ雨ふりぬ
雨ふりてくちなしの花しぼみけり
雨が降ったので、くちなしのつぼみが衰えたのではなくて、くちなしのつぼみが衰えそめたころから、雨が降り続きはじめたのだ。おそい梅雨である。あのようにきびしい匂の灯をともしていたくちなしも、もう花の終りを自ら知ったのであろうか。いつかつぼみも小さくなりはじめ、つぼみのままに開きなやんでいるのもある。くちなしのおとろえを深く心に止めているように、静かに雨が降る。
やっとの力でつぼみの捲きをほぐして、折角咲いたばかりの花にも、雨が降る。その花は、もう雨の情けに花びらの反りをつよめることもなく、濡れながらしぼんでいった。

三三・七　とみ子

晩年の句の方が、私には何故か親しみが多い。そして、偶然にも、「世を去る」と、父が題した辞世の句も、母のノートの句の中にあった。私には、その頃の母の、全身のなんと頼りげなかったことが、今、あらたに目に浮かんで来るのである。

世を去る
おもゆのみたべをへしあとのいく日ぞ
とみ子

（『俳句』、一九六二年七月号）

解　説

岸本尚毅

室生犀星の俳句は明治期と大正期以降に大別される。明治三十七（一九〇四）年から四十四（一九一一）年にかけての若書きは新聞俳壇の入選句が大部分を占める。その後、十余年の中断があり、大正十三（一九二四）年前後に句作を再開。以降、死の前年まで句作を続けている。

投稿少年

犀星の句がはじめて新聞に載ったのは明治三十七年十月八日付。「水郭の一林紅し夕紅葉」（1、以下句番号）が照文の名で「北國新聞」に入選。このとき十五歳。以後、明治四十三年まで新聞への投稿を続けた。

本書の底本とした室生朝子編『室生犀星句集　魚眠洞全句』の収録句は一七四七句。

うち明治期の作は五百六十句。生涯の句数の約三割にあたる。

犀星は明治三十五年、高等小学校を中退。金沢地方裁判所に「給仕」として働き始めた。以後、明治四十二年に二十歳で退職するまで裁判所の雇員の職にあった。「発句」を習い始めたのは十五歳。師は近所の俳諧宗匠。地裁の上司であった俳人の指導も受けて俳句に熱中。犀星少年は、地方紙の俳壇の常連入選者として名が知られるに至った。

少年時代に投稿経験をもつ文士は多いが、犀星の場合、投稿で得た文名には、出生の事情に絡む特別な意味があった。奥野健男は次のようにいう。


犀星にとって文学をはげむことは、社会から背を向け異端者になることではなく、社会の中に人並に入りこむ手段であった。俳句によって私生児犀星ははじめて市民権を得ることができたのだ。(略)当時第四高等学校教授であり、ホトトギス派の有名な俳人であった藤井紫影が選をしている「北國新聞」に次々に投句し、やがて北声会という紫影の主宰する俳句の月例会にも出席する。大人ばかりの運座の末席に連なった少年犀星の句がいつも最高点をとったという。今まであらゆる人間からばかにされていた劣等児が、役所では最下級の給仕が、俳句では社会的地位のある大人たちをおしのけて首位にたつ。犀星の得意や思うべし。紫影は当時の犀星の姿を

「歌に痩せて眼鋭き蛙かな」とうたっている。出生にはじまるすべての屈辱を、文学によって復讐し、人々に思い知らせてやろうと肩を怒らせた痩せこけた少年犀星の姿がほうふつとしてくるようだ。

（「作家と作品」『日本文学全集第三十三（室生犀星集）』）

多彩な若書き

「ウマサの安定」「ウマい句がかなりあるとはいえ、ほとんどは月並みの写生句」（富岡多恵子『室生犀星』）と評された十代の犀星の句だが、個々に見ると多彩である。

○詩情を湛えた風景

夕靄に灯ちよろつく砧かな　一八　明三九

夕靄のなか、砧を打つ家の灯火がちらちらと。

朝寒や日影漾ふいさゝ川　三三　〃

「いさゝ川」は小さな川。水面をただようような日の光が、晩秋の朝の寒さを感じさせる。

金魚売出でて春行く都かな　四七　明四〇

金魚売の姿と売り声に春の終わりを思う。「都」という語に情趣を託した。

秋山や静かに聴けば海の声　一八五　明四一

山のなかで聞く海の音、それだけを詠んだ句。

荷物吐く汽車も蜻蛉も駅小さし　一八七　〃

荷物を吐き出す汽車。蜻蛉も飛んでいる。小さな駅の風景。

○音の描写

百舌鳴いて高き谺や谷深し　三　明三九

モズの声が、谷の深さを際立たせる。原石鼎の「高々と蝶こゆる谷の深さかな」の視覚に対し、犀星の句は音を通じて空間を描いた。

時雨るゝに非ず欅の散る夜也　二一五　明四一

時雨のような音がして木の葉が散る。これも聴覚の句。

○絵のような趣

水郭の一林紅し夕紅葉　一　明三七

小春日や障子にうつる籠の鳥　三五　明三九

水村や雨の青鷺つばくらめ　四三　明四〇

「水郭」「水村」とも水辺の村。いずれも画趣のある句である。

○怪奇趣味

末枯の一軒寒し石の怪　三　明三七

祟り木を祭る社や帰り花　二〇八　明四一

円朝の怪談噺にでもありそうな趣向である。

○物語や芝居を思わせる句

宗岸もお園も十夜詣哉　五　明三七

顔見世や悪形きかぬ病上り　七九　明四〇

女賊住むを興に狩りけり山桜　二一六　明四二

山桜の句は、女の山賊が住んでいるそうだと面白がって桜狩に行くのである。

○俳諧趣味、文人趣味

名物の村の阿呆や心太　一五　明三九

蝸牛の愚なる一茶の洒落なる　四一　明四〇
脳味噌の足らぬ柚味噌の句案かな　一三三　明四一
雑煮腹混沌としてホ句あらん　一三七　〃

少年犀星は、オトナを真似て俳諧的な句を詠んだ。以下の句は文人趣味。

山家集読終へて雁を聞にけり　二〇　明三九
霧立つや曽遊の笠の裏表　三一　〃
時鳥苔を削つて句を刻す　四六　明四〇

「霧立つや」は景勝の地に遊ぶ文人墨客の姿を思わせる。

○若者らしい句

吹きつける急霰痛し痩頬桁　一〇　明三九
脇の下に手を入れられし袷哉　三八　明四〇
学寮や顔塗られをる昼寝人　五八　〃
鉄拳や柘榴の珠の紅に　七〇　〃
囀や朝飯遅き日曜日　一五九　明四一
革命の裏切をして墓参かな　一八二　〃

はたと逢ふて瞳ためらふ日傘哉　　三〇　明四二

「学寮や」などは、それらしく仕立てているが、犀星自身には学生生活の経験はなかった。のちに犀星は、「文士録とか紳士録」の学歴の項目に「学歴ナシ、高等二年修業と書き入れて鳥渡《ちょっと》私はさびしい気がした。実際は大学へも行っていたような気がし中学へも通っていたような気がしていたが、それは無名な時分に私はいつも早稲田大学に行ったことがあるという嘘をついていたからである」(『泥雀の歌』)と記している。

○小動物

雨細き若葉の裏の毛虫哉　　二　明三九
馬の耳に蠅冬籠る夕かな　　二四　〃
蟹蘆を登らんとするや日の永き　　二八　明四〇
芹抜けば小蛭蠢く濁り哉　　三〇　〃
草の葉に昼の蛍や尻あかし　　三三　〃
固くなる目白の糞や冬近し　　七一　〃

小動物を自在に詠んだ句。犀星の俳句の本領はこのあたりにもありそうである。「馬の耳に蠅冬籠る」の感覚は独特。「固くなる目白の糞」という把握は観察の所産。

○巧みな写実

小動物を対象にした句に限らず、写実の面白さを感じさせる句は多い。

竹法螺を吹く島人や冬の海　八七　明四〇
銀杏樹下古着渡世や燕飛ぶ　一七三　明四一
これきりの煙花なりやと人散ず　一八九　〃

これらは人物の描写である。春になり燕が渡って来る頃、古着の行商人が銀杏の樹下に店を開いている。人物の登場しない、純然たる叙景句の巧さにも目を惹かれる。

縄切れて傾く垣や蕗の薹　二七　明四〇
地の凹へ吹きためられし落花かな　三六　〃
片割れて夕日喰ひ入る柘榴哉　六六　〃
団栗や土の凹みに根の凹に　一三一　明四一
湖心まで此の石の根の秋の水　一九九　〃
いつからの腐る錨や蘆枯る、　二〇三　〃

犀星に「糸瓜忌に柿もぐ庵のならひ哉」(一九四)という句がある。明治四十一年九月二十九日付「北國新聞」入選。糸瓜忌は正岡子規の忌日の九月十九日。子規が三十四歳で亡くなったのは明治三十五年。その六年後、十九歳の犀星は、子規の柿の句を踏まえ、いかにも糸瓜忌らしい句を詠んだ。ちなみに、河東碧梧桐選の選集『続春夏秋冬・秋之部』(明治三十九年)には「庵の瓢糸瓜に似たる忌日かな　山梔子」「糸瓜忌や秋果大に会すらく　女羊」など糸瓜忌の句が二十一句収録されている。

犀星が俳句の投稿を始めた明治三十七年時点では『蕪村句集講義』など子規の著作の多くは既に公刊されていた。子規死後の俳壇を主導した河東碧梧桐は、明治三十九年から四十四年にかけて「新傾向」と称する新風を唱道するため全国行脚を行った。その模様を、犀星は次のように記している。

私の郷里金沢へ碧梧桐さんが見えたときに、碧梧桐さんが床の間の所に居られる。十九歳か二十歳の私が末席から見て居りますと、当時の俳人が短冊を持って行って、碧梧桐さんに書いて貰う。それを一々碧梧桐さんが書いて居られる。　(『花霙』)

明治期の犀星の句は多彩である。そのことは、犀星が、新旧(子規等の新派と、旧派と呼ばれた宗匠俳諧)を問わず、当時学び得た種々の俳風を貪欲に句作に取り入れたことを物語る。

俳句史の主要俳人においては、作者の個性が初期の句集に色濃くあらわれることが多い。たとえば、水原秋櫻子の『葛飾』、山口誓子の『凍港』、中村草田男の『長子』、加藤楸邨の『寒雷』、飯田龍太の『百戸の谿』、金子兜太の『少年』などがそうである。ところが犀星の場合、明治期の若書きと大正期の句作再開後とでは句風が大きく異なる。明治期の句は五七五の定型を遵守した俳句らしい俳句だった。いっぽう句作再開後の「あんずあまさうなひとはねむさうな」(五三五)(昭和九年)は五七五の定型から外れ、詩の断片のようでもある。この「あんず」の句を「五七五というカタチでしか「ひと並み」の階級にあがっていけなかった貧しい少年の表現欲ではとうてい出てくるものではない」と富岡は評している。

昭和四年、三十九歳の犀星は「発句道に幽遠を感じたのは極めて最近のことであり、三十歳までは何も知らなかった」と第一句集『魚眠洞発句集』の序文に記した。同書の収録句二百十七句のうち明治期の作は五十六句。少年時代の五百余句の大部分を、後年の犀星はばっさり捨てたのである。

一部を除いて後年の犀星が顧みることのなかった初期の句だが、純粋に巧い俳句として味読に値する。犀星という名に身構えることなく、ふつうの俳句として、巧さに驚き、多彩さに感心すればよい。句の出来ばえには、犀星少年の「市民権」(奥野)がかかっていたわけだが、そのような事情は、純然たる俳句として享受する上で必ずしも知っている必要はない。

句作の中断

新聞俳壇への投稿のかたわら、犀星は「新声」などに詩や散文を投稿していた。「肩で風切る得意の俳人を表に出して、その楽屋で詩人はひそかに詩の習作にあけくれていた」(富岡)のである。その後、詩作の本格化に伴い、明治四十四年以降、十余年にわたって句作を中断する。

明治四十三年五月に上京。以後帰郷と上京を繰り返しつつ詩人としての活動を活発化。大正七年に詩集『愛の詩集』と『抒情小曲集』を相次いで刊。大正八年の「幼年時代」発表以降は小説に軸足を移し、大正十年には三十篇以上の小説を発表した。

大正十一年、三十二歳の犀星は、詩集『星より来れる者』のなかで「俳句よりどれだけ詩の世界が広く大きく、また深かったか知れない。俳句では詠みつくせない微妙な心や気分の波動が、そこでは殆ど完全に表現することができるような気がした」(「草の上にて」と記している。詩壇と文壇へのデビューを果たした若き犀星の視野から、俳句はいったん姿を消したのである。

句作の再開

ほぼ十三年間の中断ののち、大正十二年には句作再開の兆しがみられる。犀星の最初の随筆集『魚眠洞随筆』（大正十四年）には「故郷句集」という俳句の章がある。その冒頭に「十二年九月大震、十月一日東京の草庵を去りける折によめる」と前書を添え、「けさは帰り花も摘み捨てつ」（三三六）という句を掲げた。また、同年十一月七日消印の堀辰雄宛の絵葉書には「松さむきしぐれにも茶亭閉さぬ」という句を記している。

翌大正十三年二月二十六日の日記には、「空谷山人に」とある「あるじ白衣の医に老ゆ寒さかな」（三五三）などの句を書きとめている。空谷すなわち下島勲は医師。芥川龍之介の死を看取った人物である。同年八月十四日の軽井沢滞在中の日記には「夜、一句を芥川君に示す」とあり、「鯛のほねたたみに拾ふ夜さむかな」（三七七）を書きとめている。『魚眠洞発句集』の序文に「芥川龍之介氏を知り、空谷、下島勲氏と交わり、発句道に打込むことの真実を感じた」とあるのは、この時期のことであろう。大正十三年の俳句は百句を越え、再開後の句作が本格化している様子がうかがわれる。

詩、小説、俳句

　再開後の俳句は書簡や日記に書きとめたものが多い。投稿俳壇の入選を狙って貪欲に作り込んだ明治期とは、句作のスタイルが一変している。

　俳句はかつて、犀星少年が「人並」になるための手段だったが、句作を再開した三十代半ばの犀星は詩・小説において地歩を固めつつあった。詩と小説にまたがる犀星の文学において、再開後の俳句はどのように位置づけられるのだろうか。

　一つの見方は「趣味」である。犀星は庭造りや骨董に熱心だった。それらが東洋趣味に彩られていたことはよく知られており、俳句もその一環だというのである。大正十一年、犀星は、生後一年で亡くなった長男豹太郎を悼む『忘春詩集』を出した。それ以降の犀星について中村真一郎は次のようにいう。

　『忘春詩集』の痛切な嘆きが静まったあとでは、彼はまたもや日常生活の静けさのなかへ退いていきつつあるように見える。

　そして現に、『愛の詩集』のころに、彼の内心を攪拌《かくはん》していた創造の魔神も力衰えて(略)小説の執筆も次第に減っていきつつあり、詩人は庭造りなどに熱中しはじめるのである。

そういう犀星の生活態度を、「風流人」であり「幸福者」であるとする批評が、一般化していったようである。彼は「趣味を解する彼」だけを世人が見て、小説を書くための「恐るべき原稿地獄の中に悶えている彼」が全く無視されていることに強い不満を表明している。

彼の俳句を作り、庭を造り、骨董いじりをし、随筆を書いている姿には、だから背後に深刻なスランプに悩んでいる作家の苦悩が潜んでいたのである。

(「詩人の肖像」『日本の詩歌第十五(室生犀星)』)

この見方に立てば、犀星の俳句は、庭造り、骨董、随筆と同様、小説家としての苦悩を紛らわす「趣味」である。

いっぽう、同じ韻文として、詩と俳句のつながりを見出そうとする論者もいる。伊藤信吉は次のようにいう。

俳句をつくる詩人や作家はかならずしも珍らしくない。だが室生犀星はほとんど詩作を断ったことがなく、詩と併行して俳句をつくった。二重の詩的表現をしている。これは作家たちがしばしば趣味的につくる文人俳句とちがい、俳句表現が一定の詩的欲求に裏づけられていることを語るものである。

（「室生犀星入門」『日本現代文学全集第六十一（室生犀星集）』）

たしかに、犀星の俳句のなかには詩の面影を宿したものがある。たとえば『抒情小曲集』に「時無草」と題する詩がある。

秋のひかりにみどりぐむ
ときなし草は摘みもたまふな
やさしく日南にのびてゆくみどり
そのゆめもつめたく
ひかりは水のほとりにしづみたり
ともよ　ひそかにみどりぐむ
ときなし草はあはれ深ければ
そのしろき指もふれたまふな

秋になってもなお緑色の葉を伸ばす「時無草」を慈しんだ詩である。同じ「時無草」を、俳句では次のように詠んでいる。

草枯や時無草のささみどり　　五〇二（『魚眠洞発句集』）

冬になって草が皆枯れてゆく中、「時無草」だけは「ささみどり」（僅かな緑色）をとどめている。

詩と俳句の関係について、犀星は「詩に移った僕の作品にも何時の間にか発句の表現を詩の中に溶かし込んで、発句の簡潔な細かい緊張した表わし方をするようになっていた」（「発句道の人々」）という。少なくとも表現の上で、詩と俳句は無関係ではなかった。しかし詩、小説、俳句というジャンル間の関係の議論においては、犀星は、詩と俳句は水と油だと語っている。犀星は昭和九年「詩よきみとお別れする」という、詩との告別の辞を発表。これに対し、萩原朔太郎は厳しく反応した。

室生君は今随筆を盛んに書き、その方でも小説家以上の名人という定評を取っているし、僕等が読んでも非常に面白い文章であるけれども、その随筆の精神は全く東洋風のものであって、芭蕉等の俳句とも共通した情趣をもつものである。こうした心境に住む室生君が、西洋風のリリックやエピックなど書くとすれば、それこそ却って不自然に感じられる。今の室生君にして、もしポエジイの表現を求めるならば、当然その詩は俳句や和歌に行くべきである。室生君は「詩」と告別したと言ったけれども、「俳句」と告別したとは言わなかった。即ち室生君の詩という言葉の中には、俳句等のポエジイは加算してないのである。（略）僕には「詩」は止められない。たとえ一篇の詩も書けずにいても、詩と告別しては生きられない。なぜなら僕には、室生君の如くそれに代る別のポエム、即ち俳句や随筆がないからである。

（「詩に告別した室生犀星君へ」）

犀星にとって俳句や随筆が、詩に「代る別のポエム」だといった朔太郎に対し、犀星は次のように応じた。

詩の主成分が発句にはいり込むなぞということは、もっと発句をつッ込んで見てくれれば分ることで、あぶらが水にあわないくらいに持ち廻りが出来ないものなのだ。そして芭蕉をあくまで閑寂な風流のお手本のようにあしらうのは、どういうものか、芭蕉の表現されたものはああいう静かなものではあったが、あれをあそこまで叩き上げるには大した戦闘があったといえる。二百年も前に生死を賭して二ケ月も旅行しつづけて自分の蕉風をあそこまで天下に地盤を固めに出かけたことは全くの命がけのことであって、それを何んでもない風流韻事で頭ごなしにこなすということは、どんなものであろう。（「詩への告別に就て萩原君に答う」）

この朔太郎と犀星のやりとりを、富岡多恵子は次のように結論づける。

朔太郎が、犀星の詩に向うポエジーがそれに代って俳句へいったというのに対し、犀星本人は詩と俳句は水と油であってそう簡単に詩が俳句にカタチを変えるはずがなく、詩をほろぼしたのは小説なのであり、小説が詩を使いつくしたのだというのだ。（略）あのハタチ前のころの俳句とは異って、小説家となった犀星の俳句は、したがって小説家の余技である。（略）詩を小説にほろぼされたかつての詩人である小説家は、その無念と痛恨を、少年の日になれ親しんだ詩のカタチ（形骸）――俳句――を利用してなぐさめ、なだめるしかないのである。（前掲）

朔太郎は、犀星の詩との「告別」を犀星の詩の変質と捉え、変質した詩の受け皿が詩人犀星の俳句だと考えた。いっぽう富岡は、犀星の詩が「小説にほろぼされた」と考え、犀星の俳句は「詩を小説にほろぼされたかつての詩人である小説家」の「余技」だという。

詩と小説の関係は犀星論の大テーマである。その大きな議論において、詩と小説の周辺にある俳句が、論者や犀星自身の言説のなかで翻弄されている印象は否めない。この議論では、論者自身の問題意識が濃厚に現れる。朔太郎は、犀星の詩人の側の盟友であった。他方、富岡は詩から小説に転じた人であり、詩と小説の関係に強い問題意識を持っていた。

犀星と俳壇

詩や小説のことはひとまず視野から取り去り、犀星と俳壇との関係を見ておこう。犀星には『芭蕉襍記』(昭和三年)をはじめ、俳論俳話が少なくない。「俳道」(本書収録)、最晩年の句集『遠野集』の序(同)や朔太郎との応酬に見られる芭蕉への関心と憧憬は、犀星の生涯を一貫している。古典としての芭蕉のみならず、犀星は同時代の俳人、俳壇にも旺盛な関心を持っていた。

昭和九年に創刊された俳句総合誌「俳句研究」に、犀星はしばしば寄稿した。昭和十年二月号の「俳句は老人文学ではない」では、俳句を「老年の文学」と称した朔太郎の「詩に告別した室生犀星君へ」に対する反論を試みている。犀星は「老年の文学」の対極として、日野草城の連作「ミヤコ・ホテル」を絶賛した。草城の連作は同誌昭和九年四月号に発表され、新婚初夜を詠んだ「をみなとはかゝるものかも春の闇」などが俳壇の批判を浴びていた。犀星の絶賛に対し、久保田万太郎は「あんな流行小唄程度の感傷しか持たないものを室生君は褒めるわけがありません」と発言し、犀星は「久保田氏にこそ解って貰いたい」と応じている（「俳句と文壇」、非凡閣『室生犀星全集巻十二』）。「俳句は老人文学ではない」では「あれほどの大名と仕事をされていながら、赤貧に甘んじて居られる」河東碧梧桐のことも話題にし、俳人の生計の問題を論じている。昭和十三年一月号の座談会「現代俳句の問題」では、水原秋櫻子、中村草田男らを相手に、「俳句を作る人が年齢《とし》を取ると拙くなるのはどういうわけでしょう。虚子さんは昔は巧かったでしょう」などと辛口の発言を連発している。

犀星が論評の対象となった場合もある。昭和十年九月号では、当時最新刊の『犀星発句集』を水原秋櫻子が次のように評している。

私は犀星氏の俳句を考えるとき、常に久保田万太郎氏の句のことを考える。両氏の句が共に本格的なものであることは申すまでもない。いや、現在の俳壇から見れば、むしろ本格的すぎるほど本格的なものである。ただ両者の間に差を見付けるならば、万太郎氏が厳格な師匠の下に修業し、常にその感情をいみじくも内にこめて表現しているに反し、犀星氏はある場合やや奔放に、自由に思うところを現わしているということである。

昭和十三年七月号には、日野草城が室生犀星論を寄稿。次のように評している。

　犀星氏の小説に出ているような粘っこさは概してその俳句には見出せない。いや、粘っこさだけではなく、そのほかのもろもろの犀星的なるものは、概して俳句に現れていない。小説が粘着力に富んでいる(勿論例外はあるが)のに較べて、俳句は殆どすべてがさらりとしている。(勿論これにも例外はある。)小説に向ったときと俳句に対った時とで犀星は各別の人格と成り変るかのようである。

草城はまた、昭和十四年一月号の「俳壇人物評論」で「万太郎氏をつらぬくものは回顧的センチメンタリズムである。犀星氏をつらぬくものは現世的ロマンチシズムである」と評している。昭和十年代の俳壇ジャーナリズムの中心にあった「俳句研究」において、犀星は万太郎とともに、俳句通の大物文人として遇されていたのである。

座談会で「虚子さんは昔は巧かった」といった高浜虚子とは、大正十三年九月十四日に金沢で面会。「虚子氏と語る。骨髄までの俳人なり」と日記に記している。犀星は、虚子の小説を評価しており、「俳人の書いた小説としても、くろうと小説としても旨みが沁み透っていて読む者に楽しみを感じさせる作品であった。或いは虚子の発句をとらないでも、僕は彼のかいた小説をとりたいくらいである」(「発句道の人々」)と評している。犀星が俳句少年であった明治四十年頃、虚子は小説家をめざしていた。大正初期に俳句に戻ってきた虚子は、ライバルの碧梧桐から俳壇の主導権を奪い、俳壇の大御所となっていた。犀星は、犀星と逆に小説から俳句という軌跡を辿った虚子という人物に、何ほどかの関心を持っていたのであろう。

独自でありつつ多様な句境

犀星の句について、その印象を語る言葉は多様である。「やや奔放に、自由に思うところを現わしている」(秋櫻子)。「俳句は殆どすべてがさらりとしている」(草城)。「現世的ロマンチシズム」(同)。「彼の詩や散文をも貫いている特異な感覚が、その素人くさい一見稚拙な表現の中に滲み透っている」（山本健吉『現代俳句』）。「彼の俳句も決して洗煉されたものではないが、一種の鄙《ひな》びた抒情を奏で出していて、彼の詩的感覚の断章として不思議な光輝を持っている」（同）。「彼の俳句の風貌は、彼の人物と同じく粗剛で、田舎の手織木綿のように、極めて手触りがあらくゴッゴツしている。彼の句には、芭蕉のような幽玄な哲学や寂しおりもなく、蕪村のような絵画的印象のリリシズムもなく、勿論また其角、嵐雪のような伊達や洒落ッ気もない。しかしそれでいて何か或る頑丈な逞しい姿勢の影に、微かな虫声に似た優しいセンチメントを感じさせる」（萩原朔太郎「俳人としての芥川龍之介と室生犀星」）。

このように様々な評が飛び交うほどに犀星の句は多様である。若書きにおいては、体得した俳句の型をきっちり遵守し、そのうえで、新聞俳壇の入選を目指して多彩な句を作り分けた。いっぽう、後年の犀星は、一度は体得した俳句の型を必要に応じて放擲しながら、その詩情のおもむくままに句を詠んだ。その結果として、様々な句が句集に並んだ。その多様さを見るため、同じ句材を詠んだ句を見比べてみよう。まずは杏の実の落下を詠んだ句を拾う。

① あんずしづかなひるすぎに落つ　二八二　大一三

② となり家の杏落ちけり小柴垣　　　三三六　大一五
③ あんずほたほたになり落ちにけり　　五三六　昭九
④ あんずらは熟れきはまりておちにけり　七四九　昭二三
⑤ 昼ふかくあんずおちゐて匂ひけり　　七五〇　〃

どれも熟れ切った杏を詠んだ句だが、一句ずつ趣向が違う。①の眼目は「ひるすぎ」の静けさ。定型を外すことで、言いさしたような余情を漂わせる。⑤の「昼ふかく」は①の「ひるすぎ」と同じだが、「おちゐて」とあるので、杏はすでに落ちてしまっている。落ちた杏が匂っているのである。五七五の型に則り、下五の「けり」で切れており、一つの世界として完結し、充足している印象がある。

③の「ほたほた」は、「みずうみ」(大正十二年)という短篇のなかでも使われている。「彼女はうしろ向きになって、髪をすきながら己が姿をこの清い水たまりに映していた。その白い頸首《くび》にも、その露き出した肘さきにも、まんまるい処女らしい円みとほたほたする肉附があった」という、若い女の肉体の描写である。その様子を、擬態語を用いずに表現するならば、④の「熟れきはまりて」になる。④の趣向は「あんずら」という擬人法である。人の肉体が成熟するように、「あんずら」は熟れ極まる。②は他の句とや

や趣が違う。落ちるのは隣家の杏であり、「小柴垣」の鄙びた風情を主眼とした句である。

次に、蟬の鳴き声を詠んだ句を拾う。いい句が多い。

あきぜみの明るみ向いて啞かな　二七五　大一三
しらかばにせみひとつゐて鳴かずけり　五九二　昭一〇
蟬一つ幹にすがりて鳴かずけり　六八八　昭一八

鳴かない蟬を詠んだ句である。「明るみ向いて」は、つややかに光る蟬の顔が見えるようだ。「しらかばに」には高原の爽涼感があり、「幹にすがりて」には蟬をあわれと見る思いがある。

朝蟬の遠く夕蟬の近きかな　二七一　大一三
朝ぜみの幽けき目ざめなしけり　二七三　〃

これらは朝夕の情緒を生かした句。

春蟬や畑打ねむき昼下り　四〇五　昭三
昼深き春蟬の町に入りにけり　八三八　昭三四

どこかで春蟬が鳴いている。けだるいような春の気分。

初蟬やうつゝに見ゆる遠瓦　七四二　昭二三

初蟬や襖を外す寺ざかひ　七五三　〃

声で知る初蟬の情緒。遠くの家の瓦をぼんやりと眺める。風を通すために襖を外すと、隣は寺である。

ふるさとや松に苔づく蟬のこゑ　三〇八　大一四

金沢やがらがら嗄れる蟬の喉　八二四　昭三二

ふるさとにいる、という思いを蟬の声に託した。

犀星好みの句材として、杏の実の落下と蟬の声を詠んだ句を拾った。何かを表現しようとして狙って作った句ではなく、折々の感興のおもむくままに言葉を並べたような印象がある。句作再開後の犀星の作に奇を衒った句は殆どないが、犀星自身にとって、そのつどの一句一句が俳句との新たな出会いだったのではなかろうか。代表句とされる、

鯛の骨たたみにひらふ夜寒かな　二七七　大一三

沓かけや秋日にのびる馬の顔　五三三　昭八

行春や版木にのこる手毬唄　五三一　昭九

わらんべの洟もわかばを映しけり　五三四　〃

青梅の臀うつくしくそろひけり　五三八　〃
ゆきふるといひしばかりの人しづか　六四九　昭一五

などもの何かを狙って作った句ではない。そのときどきの思いをそのまま叙した作である。そのときの思いが、犀星自身の生い立ちの事情に深く入り込んでいったとき、

夏の日の匹婦の腹にうまれけり　六八四　昭一八

という、すさまじい句が生れた。

「素人くさい一見稚拙な表現」「決して洗煉されたものではないが、一種の鄙びた抒情」「粗剛で、田舎の手織木綿のように、極めて手触りがあらくゴツゴツしている」などと評される犀星の俳句は、読者にとって、必ずしも口当たりのよい句ばかりではない。それらを享受するためには、句が生れたときの感興の有りようを探りながら、一句一句ゆっくりと味わって読む必要がありそうである。

とみ子夫人の俳句

昭和十四年の「生きのびし人ひとりゐて冴え返る」（六三六）と「春待や生きのびし人の息づかひ」（六三七）は、昭和十三年に脳溢血で倒れたとみ子夫人のことを詠んだ作。夫人をめ

ぐるいきさつについては「なみうちぎわ」(本書収録)と長女・室生朝子の「杏の句」(同)にある。その二篇にとみ子夫人の俳句が紹介されているが、さらに佳品をあげておく。

道のべのうつぎはたれて薄暮かな　　とみ子
青梅のひびきて屋根におちにけり
すぎ苔の水打てば立つ秋近し
奥津城や若葉に映えて小鳥なく

犀星の句と同様、何の衒いもない、素朴な句である。句形は端正。心を虚しく、眼前の景をそのままに受け入れている。「なみうちぎわ」と「杏の句」の文面から察するに、これらは犀星が○を付けた句であろう。

犀星は、俳句の作り手であると同時に、『芭蕉襍記』の俳句鑑賞にも見られるように、良き読み手でもあった。俳句という短い詩が、作り手の力だけでなく、読み手の力を得てはじめて成就する詩であることを、犀星は心得ていたのであろう。

略年譜

明治二十二(一八八九)年

8月1日　金沢市に生れる。父は旧加賀藩士・小畠弥左衛門吉種。生後すぐに、犀川の畔の雨宝院住職・室生真乗に引き取られる。照道《てるみち》と命名される。

明治二十八(一八九五)年　6歳

9月　金沢市立野町尋常小学校に入学。

明治三十一(一八九八)年　9歳

3月　実父死去。実母は失踪、行方不明となる。

明治三十五(一九〇二)年　13歳

5月　金沢高等小学校三年で中途退学。金沢地方裁判所の給仕となる。

明治三十七(一九〇四)年　15歳

文学に親しみ、俳句会に出席。「北國新聞」俳句欄選者・藤井乙男(紫影、第四高等学校教授)の選を得る。筆名を犀星とした。

明治四十二（一九〇九）年　20歳
9月　裁判所を退職。10月　福井県三国町の「みくに新聞」に入社。12月に退社。
明治四十三（一九一〇）年　21歳
2月　金沢の「石川新聞」に入社。二カ月余で退社。5月　初めて上京。翌四十四年まで、金沢と東京を往復、放浪する。
明治四十五・大正元（一九一二）年　23歳
7月　帰郷。10月　詩「青き魚を釣る人」などが「スバル」に掲載される。
大正二（一九一三）年　24歳
1月　上京。この年より「朱欒」「秀才文壇」「樹蔭」「女子文壇」などに、盛んに詩を発表する。萩原朔太郎より来信、終生の友人となる。
大正三（一九一四）年　25歳
春　恩地孝四郎を知る。6月　朔太郎、山村暮鳥と「人魚詩社」を設立。
大正五（一九一六）年　27歳
7月　「感情」に「抒情小曲集」を掲載。
大正六（一九一七）年　28歳
2月　萩原朔太郎が『月に吠える』刊行。9月　養父真乗死去。
大正七（一九一八）年　29歳

1月　第一詩集『愛の詩集』刊行。2月　浅川とみ子（実名とめ）と結婚、東京田端に新居を構える。9月　『抒情小曲集』刊行。
大正八（一九一九）年　30歳
7月　「中央公論」編集長・滝田樗陰の来訪を受ける。以後同誌に「幼年時代」「性に目覚める頃」「或る少女の死まで」が掲載され、小説家として認められる。
大正十（一九二一）年　32歳
5月　長男豹太郎生まれる。
大正十一（一九二二）年　33歳
6月　豹太郎早逝。12月　亡児を悼む『忘春詩集』刊行。
大正十二（一九二三）年　34歳
8月　長女朝子生まれる。9月　関東大震災に遭い、10月、一家で金沢に移る。
大正十三（一九二四）年　35歳
5月　芥川龍之介、金沢に来訪。8月　軽井沢に旅行、龍之介と会う。
大正十四（一九二五）年　36歳
1月　東京田端に戻り、翌月、金沢から家族を呼ぶ。
大正十五・昭和元（一九二六）年　37歳
9月　次男朝巳生まれる。

昭和二(一九二七)年　38歳
7月　芥川龍之介自殺。
昭和三(一九二八)年　39歳
4月　義母ハツ死去。5月　評論集『芭蕉襍記』(武蔵野書院)刊行。6月　田端の家を引き払う。軽井沢、金沢に仮寓の後、11月、大森馬込に転居。
昭和四(一九二九)年　40歳
4月『魚眠洞発句集』(武蔵野書院)刊行。
昭和九(一九三四)年　45歳
7月　小説「あにいもうと」を「文藝春秋」に掲載。8月「詩よ君とお別れする」を「文藝」に掲載。
昭和十(一九三五)年　46歳
6月『犀星発句集』(野田書房)刊行。
昭和十一(一九三六)年　47歳
9月『室生犀星全集』(全十四巻、非凡閣)刊行開始(翌十二年10月完結)。
昭和十二(一九三七)年　48歳
4月　満州を旅行。
昭和十三(一九三八)年　49歳

11月　とみ子夫人倒れ、以後療養生活に入る。
昭和十四(一九三九)年　50歳
11月　とみ子夫人の句集『しぐれ抄』刊行。
昭和十七(一九四二)年　53歳
5月　萩原朔太郎死去。6月より『萩原朔太郎全集』の編集にあたる。
昭和十八(一九四三)年　54歳
8月　『犀星発句集』(桜井書店)刊行。
昭和十九(一九四四)年　55歳
8月　軽井沢に疎開する。
昭和二十四(一九四九)年　60歳
2月　軽井沢での疎開生活を終えて、大森馬込に住む。9月　家族を呼ぶ。
昭和三十(一九五五)年　66歳
10月　随筆集『女ひと』(新潮社)刊行。
昭和三十三(一九五八)年　69歳
12月　『我が愛する詩人の伝記』(中央公論社)刊行。
昭和三十四(一九五九)年　70歳
3月　定本自筆本句集『遠野集』(五月書房)刊行。10月　とみ子夫人逝去。

昭和三十五（一九六〇）年　71歳
3月　『とみ子発句集』刊行、知人に贈る。
昭和三十七（一九六二）年　73歳
3月26日　永眠。5月　『われはうたへどもやぶれかぶれ』（講談社）刊行。
昭和三十九（一九六四）年
3月　『室生犀星全集』（全十二巻別巻二巻、新潮社）刊行開始（四十三年1月完結）。
昭和五十二（一九七七）年
11月　『室生犀星句集　魚眠洞全句』（室生朝子編、北国出版社）刊行。
平成十四（二〇〇二）年
8月1日　犀星の生家跡地に、室生犀星記念館が開館する。

作成に当たり、「年譜」（『室生犀星全集』別巻二、新潮社、一九六八年一月）、「年譜」（『室生犀星集』新潮日本文学13、一九八一年九月）、「年譜」（『室生犀星』日本の文学35、中央公論社、一九六六年十二月）等を参照した。

（岩波文庫編集部）

初句索引

・初句と句番号を示した。配列は、現代仮名遣いによる五十音順とした。
・初句が同一の句は、第二句まで示した。

あ

す

せ

そ

た

ち

つ

も

や

ゆ

よ

【編集附記】

一　本書の「俳句」は、『室生犀星句集　魚眠洞全句』(室生朝子編、北国出版社、一九七七年十一月)を底本とした。一部の句については、編者の判断で、公刊句集(『魚眠洞発句集』、『犀星発句集』(野田書房)、『犀星発句集』(桜井書店)、『遠野集』)、『室生犀星全集』(新潮社)等の表記を採用した。

一　俳句の配列は原則、底本に従った(日記、書簡等の初出順)。

一　前書は原則、底本に従ったが、公刊句集等の収録句は当該句集等に記された前書を採用した。不要と思われる前書(句の季語を記している場合など)は適宜略した。

一　俳句の仮名は原文通りの歴史的仮名遣いとした。漢字は新字体、濁音については出典にかかわらず濁点を付した。俳句の振り仮名は現代仮名遣いとした。

一　明らかな誤植は訂正した。

一　「散文」は、犀星の句集の「序」、随想から選び、収録した。また、室生朝子の随想「杏の句」を収載した。

一　「散文」の仮名遣いは、引用も含め、現代仮名遣いに改めた。

一　「散文」では、漢字語のうち、使用頻度の高い語を一定の枠内で平仮名に改めた。平仮名を漢字に変えることは行わなかった。

一　本文中に、今日からすると不適切な表現があるが、原文の歴史性を考慮してそのままとした。

(岩波文庫編集部)